KB195268

신은 유희에 굶주려 있다.
게임
The Ultimate game-battles of a boy and the gods
7

PROFILE
요리사 펄
PROFILE
부촌장 레셰

PROFILE
상인 넬
“훌륭해! 우선은 형태부터.
롤플레이는 이래야지!”
한적한 마을에서 살인 사건 발생?!

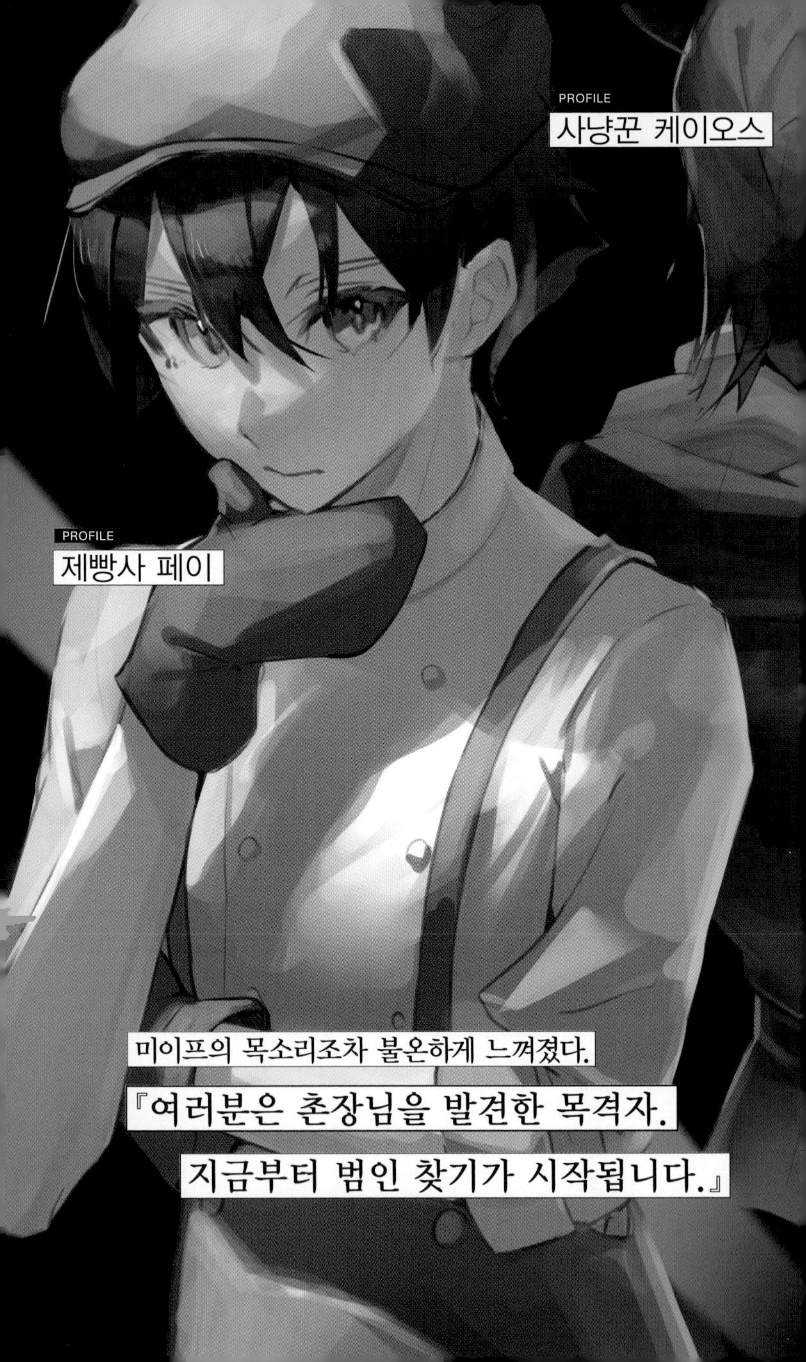

PROFILE

사냥꾼 케이오스

PROFILE

제빵사 페이

미이프의 목소리조차 불온하게 느껴졌다.

『여러분은 촌장님을 발견한 목격자.

지금부터 범인 찾기가 시작됩니다.』

의심은 신의 함정……?
PROFILE
농부 미란다
『보시다시피』
『촌장님은 누군가에게 살해당했습니다.』

PROFILE
원초의 짐승
니벨룽
마인드 오버 마터
최강팀 『모든 혼이 모이는 성좌』의 일원. 교활한 머더 미스터리로 페이 일행을 초대함.

God's Game We Play

The Ultimate game-battles of a boy and the gods

7

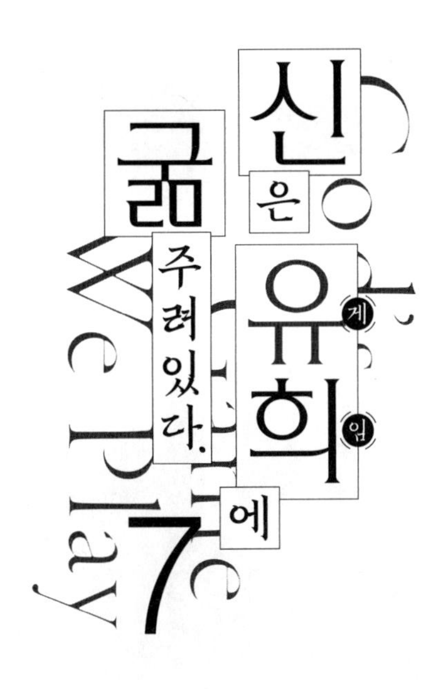

저자

사자네 케이

일러스트

토모세 토이로

옮긴이

김덕진

Character
《 등장인물 》
God's GameWe Play
레셰
본명은 레오레셰.
3000년의 긴 잠에서 깨
어난 신이었던 존재로
게임을 좋아하는 소녀.
페이
이 시대 최고의 루키로
기대받는 사도. 레셰 &
펄과 팀을 결성했다.
넬
마르 라의 전 사도. 한 번
은퇴했지만, 북메이커와
의 게임에서 승리해 페
이의 팀에 가입.
펄
전이 능력을 지닌 사도.
전자동 착각 걸이라고 불
릴 정도로 엉뚱함이 있는
성격.

Chapter

Prologue 신이기에

God's Game We Play

철새보다 높이, 하늘을 떠도는 구름보다 높이.

푸른 하늘에 떠 있는 신화도시 헤케트 셰에라자드.

아득한 고대 시대에 사라진 마법문명의 기적이 남아있는 도시이자 신비법원의 본부가 거점으로 삼은 땅이기도 하다.

그 본부의 1층에서.

"니베 씨가, **그** 페이와 게임 대결을……?!"

놀란 소녀의 목소리가 메아리쳤다.

이곳은 복도이지만, 안쪽 계단을 타고 다른 층까지 들릴 정도로 커다란 목소리였다.

"쉿. 목소리가 너무 크다, 헤레네이어."

"……하, 하지만, 어르신."

울적해진 소녀는 힘없이 몸을 웅크렸다.

그렇게 큰 소리가 어디서 나왔나 싶을 정도로 가느다란 몸. 인상이 약한 연보라색 머리카락과 비취색 눈빛의 소녀다.

헤레네이어 O 미싱.

마인드 오버 마터

그 몸을 감싼 검은 의례복은 세계 최강팀 『모든 혼이 모이는 성좌』 소속이라는 증거.

“……페이를 엘리먼츠에 데려간 건가요?”

“음. 니베는 자신의 게임으로 겨루고 싶다고 했다.”

끄덕인 것은 갈색 소년.

부드러운 미소가 어울리는 중성적인 얼굴이지만 그 말투는 외모와는 전혀 다르게 긴 세월과 침착함이 깃들어 있었다.

정령왕 아라라소라기.

마인드 오버 마터
네 사람 전부 신인 『모든 혼이 모이는 성좌』의 일원이다.

헤레네이어가 신의 힘을 되찾기 위해. 그리고 그녀의 「인간과 신을 나누는 계획」을 성공시키기 위해 힘을 보태고 있다.

“니베 씨의 게임…… 대체 어떤…….”

“글쎄다. 나도 어떤 게임으로 놀 생각인지 듣지 못했지만 꽤 걸릴 거다. 헤레네이어는 간병에 전념하는 게 어떠냐?”

“……!”

헤레네이어가 가슴에 손을 얹었다.

이곳은 복도. 그리고 앞의 의무실에서 잠든 이사장 아우구스투스는 다름 아닌 헤레네이어의 친아버지이다.

반신반인 헤케트 마리아.

고대 마법문명에서 힘을 모조리 사용한 신 헤케트 마리아는 현대에 헤레네이어라는 인간 소녀로 다시 태어났다.

신비법원 이사장인 아우구스투의 딸로서.

“……니베 씨는 절 생각해서 그렇게 행동한 거군요.”

아련히 눈을 감고서 헤레네이어가 나지막이 말했다.

"페이는 신들의 놀이를 완전 공략하려고 해요. 그런데 저는 아버지를 간병하느라 공략이 멈췄죠. 페이가 먼저 10승을 거둔다면 지금까지의 제 계획은 물거품이 돼요. 그러니 니베 씨가 페이의 10승을 저지하려고!"

"단순히 놀고 싶었던 것뿐일 테지."

"그 바보 고양이가?!"

다시 울려 퍼진 헤레네이어의 절규.

"그럴 줄 알았어요. 어째서 말리지 않으신 건가요, 어르신."

"허허허. 젊은 혈기, 좋지 않으냐."

"……정말."

헤레네이어가 이마에 손을 얹고 크게 한숨을 쉬었다.

"니베 씨가 호기심으로 움직인다면 적어도 반드시 승리하지 않으면 곤란해요. 만에 하나 지기라도 한다면 페이는 10승이 코앞으로……."

"그나저나 부럽구나. 낫훙."

갈색 소년이 혼잣말을 중얼거렸다.

그리고 그 뒤에는 키가 크고 모노클을 낀 청년이 묵묵히 책을 읽고 있었다.

츠쿠모가미 나후타유아.

이 청년이 말을 하는 일이 거의 없다.

말하는 것을 싫어하는 것이 아니라, 「말을 사용하지 않고 얼마나 정확히 의사를 전달할 수 있는가」라는 게임에 흥미가 있는 것뿐이다.

"낫홍, 니베의 게임이 끝나면 다음은 우리가……."

"어, 르, 신?"

"……농담이다."

헤레네이어가 노려보자 갈색 소년이 다급히 헛기침했다.

그렇게 생각한 순간.

소년의 손에는 소형 액정 모니터가 들려있었다.

"보는 것 정도는 괜찮겠지?"

갈색 소년이 액정 모니터의 끝을 살짝 두드린 순간, 치직거리는 잡음이 잠깐 들리고 화면이 켜졌다.

"오? **마침 이제 시작하려는 모양이군.**"

드넓은 대초원과 한적한 마을.

지금 게임이 진행 중인 엘리먼츠의 영상이다.

"허허, 그렇군. 이 놀이인가. ……음? 헤레네이어, 안 볼 거냐?"

"안 볼 거예요."

고개를 돌린 헤레네이어.

그렇게 말하면서도…… 역시 신경 쓰이는지, 갈색 소년의 어깨 너머로 화면을 힐끔힐끔 엿보는 모습이 보였다.

“……솔직하지 않군.”

“나후타유아 씨?! 이럴 때만 말할 필요는 없지 않나요?!”

오랜만에 입을 연 청년에게 헤레네이어는 새빨개진 얼굴로 항의했다.

신들의 놀이터 「닫힌 피와 불꽃의 의식장」

VS 『원초의 짐승』 니벨룽

게임, 개시.

Chapter

Player.1 VS 초수 니벨룽 —오늘부터 너도 마을 사람이다—

God's Game We Play

영적 상위(엘리먼츠) 세계.

물리 법칙을 뛰어넘은 이 세계는 그곳에 사는 신의 취향에 따라 천차만별로 그 모습이 달라진다.

초수 니벨룽의 입이라는 「문」을 통해 도착한 그곳은…….

마을이었다.

푸르른 초원에 둘러싸인 작은 마을.

통나무를 조립해서 만든 집이 많았고, 굴뚝으로 연기가 뭉게뭉게 피어올랐다.

하늘을 올려다보면 맑고 선명한 푸른 하늘.

이 얼마나 평온한 풍경인가. 평온하고 느긋한 세계가 그곳에 있었다.

『자! 머더 미스터리 「모든 것이 빨강이 된다」, 개막합니다!』

그렇게 외친 것은 새빨간 쌍둥이 미이프였다.

피부는 초수 니벨룽과 맞췄는지 강렬한 빨간색인 미이프

가 이곳에 막 소환된 인간들을 내려다보았다.

『어떤 게임인지 궁금하시죠?』

『안심하세요. 주신 니벨룽 님의 영역에 사는 미이프가 완벽히 도와드리겠습니다!』

"……."

"……."

적막이 흐르는 대초원.

그도 그럴 것이, 쌍둥이 미이프를 앞에 둔 페이 일행은 이 경치에 빠져 있었기 때문이다.

『플레이어 여러분?』

『조금 더 반응해주시지 않으면 저희도 게임을 진행하기 어려운데요?』

"……그렇지만."

"……한적하네."

페이와 얼굴을 마주한 레셰.

그 옆에서 마찬가지로 펄과 넬이 얼굴을 마주했다.

"너무 한적해서 게임이라는 느낌이 안 드네요오."

"동감이다. 지금까지의 엘리먼츠가 미궁과 사막이었던 만큼 이 마을을 보니 마음이 놓이고 만다. 그렇지 않나, 사무장 공."

"정말 그래."

팔짱 낀 미란다 사무장이 고개를 크게 끄덕였다.

"시끌벅적한 도시도 좋지만, 역시 노후는 이런 곳에서 고양이나 기르면서 느긋하게 보내고 싶다니까."

……어라?

위화감. 너무나도 자연스러워서 아무도 깨닫지 못했었지만, 지금 이 상황은 무언가 이상하다.

무엇이 이상한가 하면…….

"잠깐, 잠깐, 잠깐! 어째서 미란다 사무장 공이 여기에?!"

"어째서 사무장님이 여기에?!"

넬과 펄이 동시에 소리쳤다.

너무나도 자연스럽게 끼어있는 미란다 사무장을 가리키며.

『사무장(님/공)!』

"……어? 어머, 그러고 보니."

그제야 깨달았다는 듯이 놀라는 미란다 사무장.

바로 지금까지 본인도 깨닫지 못했던 듯하다.

"눈앞의 풍경이 너무 자연스러워서 깨닫지 못했어. 여기가 혹시 신들의 놀이터니? 페이 군, 내가 왜 여기에 있을까?"

"제가 묻고 싶은 거라고요."

오히려 페이가 물으려 했던 문제다.

신들의 놀이는 신으로부터 어라이즈를 받은 사도만 참가할 수 있다.

……사무장님은 분명 사무 쪽에서만 일했다고 들었어.

……사도였던 적도 없으니 당연히 어라이즈도 없어.

그래서 미란다 본인도 알 수 없다는 표정일 것이다.

엘리먼츠에 오게 된 사실에 경악을 뛰어넘어 「애초에 무슨 일이 일어난 거지?」 하고 넋이 나간 표정이었다. 바로 그때.

『설명해드리겠습니다!』

미이프 둘이 기다렸다는 듯이 끼어들었다.

『주신 니벨룽 님의 게임은 참가자 수가 엄밀하게 정해져 있습니다. 여러분은 네 사람이라 참가자의 수가 부족했기에, 실례지만 게스트 플레이어를 초청했습니다.』

페이, 레셰, 그리고 펄과 넬.

그리고 다섯 명째의 미란다가 소집됐다. 아마도 초수 니벨룽에게 삼켜졌을 때 가장 가까이에 있었다는 게 이유일 것이다.

"……저, 저기, 미란다 사무장님, 괜찮으세요오?"

너무나도 갑작스러운 참전이다.

사도조차 첫 참전은 긴장하기 마련인데, 사도가 아닌 사무장이 게임을 따라올 수 있을까 하고 펄이 불안해하는 것도 당연하지만.

"후후후. 걱정할 것 없어, 펄 군."

사무장은 안경을 추켜올리며 여유를 보였다.

"운영 측으로서 누구보다도 사도 제군들의 게임 플레이를 지켜본 나잖아? 지금까지 쌓은 지혜와 경험을 보여줄 좋은 기회지."

"오오?!"

"……뭐, 말은 그렇게 했지만 나도 엘리먼츠에 온 건 처음이니까."

미란다 사무장이 하늘을 올려다보았다.

그곳엔 쌍둥이 미이프가 둥실둥실 떠 있었다.

"물어볼 게 있는데, 신들의 놀이의 일곱 가지 룰이 있잖아? 그 룰 1과 2에……."

신들의 놀이 일곱 가지 룰.

룰1—신들로부터 어라이즈를 받은 인간은 사도가 된다.

룰2—어라이즈를 받은 자는 초인형, 마법사형의 힘을 얻어 신들과의 게임에 도전할 수 있다.

신들과 인간의 약속이다.

신들의 놀이에 도전하는 것은 어라이즈를 받은 인간뿐이라는 것.

"그러니까, 나도 사도가 된 거니?"

『일시적으로 그렇게 됩니다.』

"호오?"

안경 너머로 미란다의 눈이 번뜩였다.

"그러니까 나도 일시적이지만 어라이즈를 얻었다는 거지?"

『네.』

"그럼 알려줄래?! 내가 어떤 능력을 얻었는지를!"

이건 확실히 중요한 일이다.

펄의 『변덕스러운 여행자(더 원더링)』. 넬의 『모멘트 반전』 등. 사용하기에 따라선 게임의 중요한 카드가 되는 것이 어라이즈다. 그렇다면 사무장은 어떤 힘을 손에 넣었을까.

『옆 사람을 터치해 보세요.』

"응? 이렇게?"

미란다 사무장이 손을 뻗어 펄의 이마를 터치.

그러자.

"36, 4도. 응? 내가 지금 뭐라고 말했지?"

『건드린 사람의 온도를 알 수 있는 능력입니다. 장기자랑에 제격이죠.』

"너무 시시하잖아?!"

『일시적인 부록 같은 능력이니까요. 어차피 게임에선 쓸 수 없습니다.』

"……하아. 아쉽네. 두 번 다시 없을 기회이니 다양하게 체험하고 싶었는데."

어깨가 축 처진 이사장.

한편…… 페이가 신경 쓴 부분은 미이프의 설명 마지막 부분이었다.

어차피 쓸 수 없다.

이 게임은 어라이즈를 제외한 플레이어의 순수한 실력으로 겨루는 걸까?

『여러분, 이리로 오세요!』

『마을로 안내하도록 주신님께서 말씀하셨습니다.』

미이프 둘이 둥실둥실 하늘을 날았다.

마을 입구를 향해.

커다란 종이 달린 입구 너머가 마을 부지. 그곳에.

『어서 와라냥.』

붉은 머리 소녀가 손을 뒤로 돌린 자세로 기다리고 있었다.

심약해보일 정도로 가냘픈 용모인데도 밝게 빛나는 눈동자에는 넘치는 기력과 확실한 지성이 깃들어 있었다.

초수 니벨룽.

넷이 전부 신으로 이루어진 팀 『모든 혼이 모이는 성좌(마인드 오버 마터)』의 멤버이자, 페이 일행을 이 게임으로 끌어들인 신이다.

이 게임의 게임 마스터이며, 아마도 최종 보스일 것이다.

"큭! 갑자기 신이 등장하는 건가?!"

"어이쿠, 기다려라냥. 짐은 이 영적 상위 세계의 주인으로서 만나러 왔을 뿐이다냥."

경계하는 넬.

반면 인간의 모습을 한 신은 가볍게 웃으며 손을 저었다.

"짐이 만든 자랑스러운 게임에 잘 왔다냥!"

"……누가 왔다고 그러는 건가. 멋대로 끌어들였으면서."

"……마, 맞아요! 이건 저희를 방해하는 거잖아요!"

넬, 뒤이어 펄이 소녀를 향해 손가락을 내밀었다.

"저희는 헤레네이어 씨와 할 말이 있어요. 사정은 케이오스 씨에게서 들었어요. 고대 마법문명에선 신들로부터 받은 어라이즈를 인간이 전쟁에 사용하고 말았고, 그 과거를 되풀이하고 싶지 않아 『신들의 놀이』의 소멸을 꾸미고 있다는 사실을!"

"호오?"

붉은 소녀가 감탄했다.

"팀의 색기 담당인 줄 알았는데 의외로 요점을 이해하고 있구나냥."

"그런 담당은 없다고요!"

"그나저나 『신들의 놀이』를 10승 할 것 같은 팀이 정말로 나타날 줄이야. 솔직히 짐도 놀랐다냥."

붉은 소녀가 가볍게 뛰었다.

매달린 종 위로 고양이처럼 가볍게 뛰어오르고서는.

"그러니까 **그 말이 맞다냥.**"

방해.

헤레네이어의 동료인 니벨룽은 페이 팀의 연승을 저지할 생각으로 게임에 불러들였다.

"우리가 이기게 둘 생각이 없다는 건가."

"응? 아니. 짐이 반드시 이기는 게임은 전혀 재밌지 않다냥. 게임은 게임답게. 신들의 놀이의 규칙에 따라 겨뤄 보자냥."

종 위에 앉은 붉은 소녀.

마치 그네를 탄 것처럼 다리를 흔들거리며.

"이건 추리 게임. 너희는 이야기의 등장인물이 되어 이 마을에서 일어난 살인 사건의 수수께끼를 풀어야 한다냥."

"사, 살인 사건?!"

펄이 겁에 질린 듯 주춤거렸다.

"이런 한적한 마을에서 살인 사건이 일어나는 건가요?!"

"그렇다냥."

"혹시 플레이어가 살해당하는 건가요?!"

"……."

"갑자기 왜 말이 없는 건가요?!"

"짐은 즐거운 부분은 뒤로 미뤄두는 타입이다냥."

무척이나 짓궂은 미소를 떠올리며.

"그럼 짐은 할 일이 있으니 이만 물러나겠다냥."

"너는 우리와 싸우지 않는 거야?"

일렁일렁. 페이가 그렇게 말한 순간, 붉은 머리 소녀의 머리카락이 크게 곤두섰다.

솟구치는 불꽃과 열기.

그 너머로 소녀의 실루엣이 네 발로 선 거대한 짐승으로 변해갔다.

『싸우고말고. 어떤 게임과도 다른 형태로.』

땅에 선 홍련의 사자.
초수 니벨룽의 진정한 모습. 인간 따위는 가볍게 짓밟을 수 있을 정도로 거대한 몸이 페이 일행을 한 명씩 내려다보며.
『이 유희에 정해진 공략법은 없다. 마음껏 즐기도록 하여라.』
붉은 사자가 포효했다.
『지켜보겠다.』
다시 불꽃이 거칠게 일었다.
눈꺼풀을 태울 정도의 빛과 열파에 순간 페이 일행은 눈을 감았고…… 조심스럽게 눈을 떴을 땐, 거대한 사자는 마을 어디에도 찾아볼 수 없었다.
남겨진 것은 그을린 지면뿐.
『네~ 주신님의 인사가 끝났으니 이제 마을을 안내하겠습니다.』
『마을 중심으로 갈까요.』
미이프 둘이 가옥이 늘어선 언덕길을 천천히 내려갔다.

마을 입구에서 안쪽으로.

전망 좋은 광장.

그곳에 두 남녀가 기다리고 있었다.

『여섯 번째, 일곱 번째 플레이어를 소개하겠습니다.』

"늦었군, 페이."

"케이오스 선배?!"

키가 큰 남자가 천천히 돌아보았다.

졸린 지 흐릿한 눈동자에 한쪽 눈이 가려질 정도로 길게 자란 푸른 머리카락. 그런 그를 페이는 잘 알고 있었다.

케이오스 울 아크.

페이가 소속됐던 옛 팀의 리더. 그런 그가 이쪽을 보고는.

"나는 머릿수를 채우기 위해 불린 모양이야. 그리고 이쪽 **여성**도."

"……자, 잘 부탁합니다."

케이오스의 옆에는 정장 차림의 여성이 있었다.

어깨 부근까지 오는 미디엄 보브컷 흑발에 20대 전반 정도의 어른스러운 얼굴. 무척이나 부끄럽다는 듯이 조심스러워하는 모습이었다.

"음? 본 적 있는 것 같은데."

미란다 사무장이 정장 차림 여성을 보고 고개를 갸웃했다.

"아, 맞다. 알리사 양이지? 누군가 했더니 아우구스투 이사장님의 비서잖아?"

"아, 네! 알리사 멜크스입니다!"

단발머리 비서가 살짝 고개를 숙였다.

"이사장님이 쓰러지셔서 서둘러 일정을 조정하던 중이었습니다. 그런데 어느새 이런 마을에…… 아까 사정은 케이오스 씨에게서 들었습니다만……."

"그녀는 아무것도 몰라."

케이오스가 한 말의 의미를 모두가 빠르게 알아차렸을 것이다.

이사장의 비서라지만 「평범한 인간」.

마인드 오버 마터
……『모든 혼이 모이는 성좌』가 신 넷으로 구성된 팀이라는 것을 몰라.

……이사장의 딸인 헤레네이어의 일도.

사실을 알게 되면 경악하리라.

설마 본부 이사장의 딸이 신들의 놀이를 없애려 하다니.

……다만 그 사실을 여기서 말할 필요는 없어.

……눈앞의 게임에 집중하자. 무엇보다 그녀는 사도가 아니야.

미란다 사무장과 알리사 비서관.

신비법원의 일원으로 생방송은 봤겠지만, 처음으로 신들의 놀이에 참여하게 된 두 사람이 어떤 플레이를 할 수 있을지는 미지수다.

……그리고 한 가지 더.

……솔직히 **이쪽**도 그 두 사람에게 지지 않을 정도로 불확정 요소야.

세 번째 불확정 요소.

그것은.

"케이오스 공."

넬이 강하게 발을 내디뎠다.

지금부터 신에게 도전하는 동료를 바라보는 것치고는 날카로울 정도의 눈빛으로.

"확실히 해두고 싶다. 케이오스 공의 입장이 어느 쪽인지를."

"어느 쪽이냐니?"

"케이오스 공은 『모든 혼이 모이는 성좌(마인드 오버 마터)』의 코치다. 그러니 초수 니벨룽의 편이라고 할 수 있지. 실례지만 이 대결에서 케이오스 공이 우리를 돕는 척할 뿐, 실은 신을 돕는 게 아닐까 하는 불안이 있다."

그렇다.

게스트 플레이어로서 무작위로 선택됐다기엔 케이오스는 신 쪽에 너무나도 가깝다.

"날 의심하는 것도 당연해."

진지한 얼굴로 끄덕이는 케이오스.

기분이 상한 것 같지도 않고 당황하는 기색도 없었다.

"대답하지. 우선 이게 평범한 신과 인간의 싸움이라면

나는 전력을 다해 신을 상대로 싸울 뿐이야. 신들의 놀이니까. 나는 게임에는 거짓말하지 않아."

"……내겐 뭔가 의미심장하게 들리기도 한다만."

"그럼 이번 일에 관해 대답하지."

짧은 침묵 후.

케이오스가 천천히 입을 열었다.

"모르겠어."

"……뭐?"

"이번 게임은 머더 미스터리다. 다행히 나는 이 게임에 조금이지만 지식이 있어. 머더 미스터리란……."

공중을 힐끔 바라보는 케이오스.

내가 말해도 될까?

그런 확인을 한 것은 이 게임을 진행하는 미이프를 향한 경의일 것이다.

"머더 미스터리는 롤플레잉을 섞은 추리 게임이야. 우리 일곱 명은 아마도 『범인』과 『범인을 찾는 탐정역』으로 나뉠 거다. 말은 그래도 그렇게 단순한 게 아니야. 겉으로는 탐정이어도 실은 범인의 협력자일 수도 있고, 탐정역인 사람이 사실은 범인 이상의 악당일 수도 있는 등 각자에게 『진짜 미션』이 존재해."

단순히 범인을 밝혀내는 게임이 아니다.

플레이어는 저마다의 입장에서 살인 사건의 수수께끼를

풀어가며 「자신만의 진짜 미션」을 달성하기 위해 움직인다.

"나는 내가 맡은 역할을 다할 거야. 범인이라면 범인답게 행동할 거고 탐정역이라면 다른 탐정역과 협력해 범인을 찾을 거다. ……이러고 있는 것보다 우선 설명을 듣는 게 좋겠지."

케이오스가 몸을 돌렸다.

두 미이프가 자기 차례를 기다리고 있었기 때문이다.

"게임 설명을 부탁해."

『네. 말씀대로 머더 미스터리는 평범한 범인 알아내기 게임이 아닙니다.』

『범인과 탐정에겐 「이야기」가 존재합니다. 그것이 바로 이 게임의 묘미입니다!』

미이프가 공중을 가리키자.

푸르른 하늘에 빛나는 문자로 이루어진 이야기가 나타났다.

이곳은 농장 마을 라타타탄.

비옥한 대지에 풍부한 농작물이 1년 내내 나오는 마을. 다들 사이좋게 살고 있습니다.

……촌장을 제외하고는.

교류가 활발한 마을 사람들과 다르게, 촌장은 무뚝뚝하고 항상 기분이 안 좋아 보입니다.

밖에 잘 나오지 않는 촌장은 자신의 집에 수상한 책과 양초, 뼈로 만든 액세서리 등을 잔뜩 수집해두었습니다. 그러나 그것에는 이유가 있습니다.

촌장은 미래 예지의 힘이 있습니다.

마을을 덮치는 폭풍과 눈사태, 화재 등 촌장의 저주를 피하는 의식 덕분에 마을은 몇 번의 괴멸적인 위기를 모면했습니다. 최근 몇 년간 세 사람 정도 행방불명된 사람이 있었지만, 그럴 때마다 마을은 새로운 마을 사람을 불러들여 계속해서 부흥했습니다.

『여러분은 이곳 마을 사람입니다.』

『마을을 이끄는 촌장님은 NPC, 즉 게임 내에서 멋대로 움직이는 캐릭터입니다.』

등장인물은 8명.

플레이어 7명과 NPC인 촌장.

"……촌장님은 정말 중요할 것 같은 캐릭터네요."

펄이 두리번두리번 마을을 둘러보았다.

통나무로 만들어진 집이 몇몇 보이지만 촌장으로 보이는 사람은 없었다.

"촌장님은 어디에 있나요?"

『마을 광장에 초대하죠.』

『참고로 이 마을 전체가 게임 필드입니다. 꼼꼼히 봐주세요.』

농장 마을 라타타탄.

굴뚝이 달린 집과 돌을 깔아 만든 포장도로. 여기저기에 보이는 귀여운 화단. 한적한 풍경이지만, 일행을 제외하고는 다른 마을 사람이 없는 듯했다.

『광장에 도착했습니다.』

『이곳이 마을의 중심부로, 기본적으로는 이곳에서 회의합니다.』

댕…….

페이 일행이 광장에 도착하자 장중한 종소리가 환영해 주었다.

은빛으로 빛나는 시계탑과 거기에 달린 종이 인상적인 광장이다. 한낮의 뙤약볕 아래.

광장 중앙에 검은 물건이 떨어져 있었다.

아니.

그 새까만 「무언가」는 인간 형태였다. 그리고 촌장은 이곳에 있다고 한다.

"……설마!"

"이 사람이 촌장님인가요?!"

넬이 놀라고 뒤이어 펄이 물었다.

두 사람이 숨죽여 바라보는 곳에는, 새까맣게 탄 노인의 모습이 있었다.

촌장은 검게 타 죽어있었다.

모두가 깨달았다.

신의 게임은 이미 시작됐다는 것을.

『보시다시피.』

『촌장님이 누군가에게 살해당했습니다.』

미이프의 목소리조차 불온하게 느껴졌다.

『여러분은 촌장님을 발견한 목격자. 지금부터 범인 찾기가 시작됩니다.』

다시 나타나는 빛의 문자.

모두가 거기에 나타난 이야기를 집중해서 바라보았다.

【사건 당일】

이날은 촌장이 경고한 날이었습니다.

거대한 재해가 일어날 것이다.

마을 사람은 그런 예지가 있을 때마다 촌장이 마을을 지켜준 사실을 알고 있습니다.

이번에도 촌장의 지시를 따르면 안전합니다.

하지만 다음 날 아침, 광장에 모인 마을 사람들은 광장에 쓰러져 있는 촌장을 발견했습니다.

촌장은 온몸이 검게 탔습니다.

아마도 촌장은 재해를 막는 의식을 하기 위해 어젯밤 이

광장에 찾아왔을 때 습격을 당했을 겁니다. 다시 말해 범인은 촌장의 행동을 잘 아는 마을 사람 중 누군가인 것이 분명합니다.

하지만 재해는 일어나지 않았습니다.

촌장이 살해당하면서도 재해를 막은 것이 분명합니다.

원수를 갚아야 한다. 촌장을 습격한 범인을 찾아야 한다. 그렇게 생각한 마을 사람들은 범인을 찾기로 결심했습니다.

살해당한 촌장.

그리고 플레이어 7명이 사건의 진상을 밝히는 추리 게임.

"하나 물어봐도 될까?"

광장에 적막이 흐르던 와중, 페이가 손을 들었다.

"우리는 전부 평범한 마을 사람이야? 아까 케이오스 선배가 탐정역이라고 표현했는데, 정말 그런 마을 사람이 있는 거야?"

『네, 지금부터 역할을 나눠드리겠습니다.』

『농부와 제빵사, 사냥꾼 등 역할은 마을에 어울리는 것으로 주어집니다. 우선 미란다 님! 저기에 장작이 대량으로 쌓인 거 보이시죠? 그 뒤까지 가주세요.』

"나?!"

미이프의 지명에 모두가 미란다 사무장을 바라보았다.

물론 가장 놀란 사람은 미란다 사무장 본인이었다. 설마 게스트 플레이어인 자신이 처음에 지명될 줄은 몰랐을 것이다.

"……알았다!"

그 순간 갑자기 케이오스가 소리쳤다.

"머더 미스터리 동호회 부본부장인 내가 볼 때 처음에 받는 역할이 상당히 중요한 경우가 많아. 범인은 미란다 사무장님일 가능성이 커!"

"오오! 제법이다, 케이오스 공."

"정말 예리한 분석이네요!"

넬과 펄이 손뼉을 쳤다.

"그럴 리 있겠어?!"

정작 미란다 사무장은 그렇게고 말하면서 광장에 있는 산더미 같은 장작더미 뒤로 이동했다.

그렇게 얼마 지나서.

『네, 다음 분~.』

장작 뒤에서 미이프가 얼굴을 빼꼼 내밀었다.

참고로 미란다 사무장은 장작더미 너머에서 돌아오지 않았다.

『그럼 펄 님.』

"네!"

"두 번째인가…… 수상하다, 펄. ……혹시 촌장을 살해한 건……!"

"뭐가 수상하다는 건가요?!"

의혹의 시선을 보내는 넬에게 소리치며, 이번엔 펄이 불려갔다.

세 번째는 레셰.

네 번째는 비서 알리사.

다섯 번째는 넬.

그렇게 남겨진 사람은 페이와 케이오스. 누가 먼저 불릴까 싶었는데.

『그럼, 케이오스 님.』

"그래."

여섯 번째로 불린 사람은 케이오스. 다시 말해 마지막이…….

"그렇군. 마지막이 페이인가."

"……뭐예요, 케이오스 선배. 그 의미심장한 눈초리는."

"머더 미스터리 동호회 국장인 내가 볼 때 마지막에 받는 역할이 상당히 중요한 경우가 많아. 범인은 너인가?"

"처음엔 사무장님이 수상하다고 했잖아요!"

참고로 몇 분 전에는 자칭「머더 미스터리 동호회 부본부장」이라고 했는데, 순식간에 국장으로 변했다. 어차피 뻔한 농담일 것이다.

『그럼 일곱 번째.』

『페이 님, 이쪽으로 오세요~.』

고개를 들어야 할 정도로 높이 쌓인 장작더미.

이렇게 많은 장작이 광장에 놓인 것도 신경 쓰이는데…….

『페이 님, 우선 당신의 집을 소개하겠습니다.』

미이프를 따라 마을을 걸었다.

마을의 높은 곳에 있는 촌장의 저택을 올려다보며 갈림길에서 오른쪽으로 이동했다. 그 너머엔, 굴뚝에서 연기가 피어오르는 집이 있었다.

솔솔 풍기는 향긋한 냄새는…….

"……빵?"

『페이 님, 당신은 이 마을에서 빵집을 운영하고 있습니다.』

정말 평범한 직업이다.

중요한 역할인 것 같지는 않지만, 반대로 생각하면 촌장을 살해한 범인을 찾는 일에 전념할 수 있다.

그렇게 생각했는데.

『당신의 정체는 제빵사이지만, 사실은 인간인 척하는 늑대 인간입니다.』

"……갑자기 수상해지기 시작했네."

『그리고 범인입니다. 당신은 촌장님을 발톱으로 베어 살해했습니다.』

"내가 범인?!"

설마 하던 케이오스의 가설이 들어맞았다.

그렇군, 범인이라는 의심을 받지 않으려면 제빵사처럼

해가 없을 듯한 직업이 안성맞춤이라는 건가.

『역할 카드를 드리겠습니다. 자, 받으세요.』

미이프가 접힌 카드를 주었다.

겉에는 귀여운 빵 그림이 그려져 있었지만, 뒷면에는 날카로운 이빨을 지닌 늑대 그림이 있었다.

【제빵사(늑대 인간)】

당신은 복수하는 자입니다.

당신의 동료 늑대 인간이 과거 이 마을에서 갑자기 사라졌습니다.

당신은 그 수수께끼를 풀기 위해 인간으로 변신해 마을에 들어왔습니다.

그 결과, 이 마을의 주민 세 명이 느닷없이 실종됐다는 사실을 알게 됐습니다.

또한 그들이 실종된 날은 촌장이 재해를 예언한 날과 일치한다는 사실을 알아냈습니다.

그 사실을 수상하다고 여긴 당신은 제빵사가 되어 촌장을 관찰했습니다.

【사건 당일의 당신】

사건이 있던 날 밤, 당신은 촌장의 집을 지켜보고 있었다.

촌장이 말하는 대재해는 내일. 그렇다면 내일 마을의 누

군가가 또 실종될지도 모른다. 야생의 감이 촌장이 마을 사람 실종과 관련됐을 것이라고 말한다.

그리고 그날 밤, 당신은 저택을 나와 광장을 걷고 있는 촌장을 미행했다.

촌장은 몇 가지 물건을 들고 있었는데, 그중에 본 적이 있는 목걸이…… 당신이 친구에게 선물한 세상에 하나밖에 없는 물건이 있었다.

촌장이 친구를 죽이고 목걸이를 빼앗았다.

그렇게 생각한 순간, 당신은 늑대 인간으로 돌아가 날카로운 발톱으로 촌장의 등을 그었다.

정신을 차리고 보니 촌장은 피웅덩이에 빠져 움직이지 않는 시신이 되었다.

죽이고 말았다. ……하지만 후회는 하지 않는다.

이 마을의 살인귀에게 마땅한 벌을 내렸을 뿐이다. 당신은 친구의 유품인 송곳니 목걸이를 품에 넣고 그 자리를 떠났다.

또한……

이때, 당신의 뒤에서 시간을 알리는 종이 23시가 됐음을 알렸다.

이것이 살인 사건의 진상.

범인은 페이.

빵집을 경영하고 있지만, 그 정체는 늑대 인간이라고 한다.

"……흠. 천성이 악한 범인은 아니라 다행인 것 같은데…… 다들 이런 스토리와 역할을 받은 거지?"

『네. 모두에게 「역할 카드」, 그리고 「미션 카드」를 나눠드렸습니다.』

"미션 카드?"

『당신이 이 게임에서 달성해야 하는 목표입니다. **게임의 승리 조건과도 연관이 있으니** 상당히 중요합니다.』

새로운 카드를 한 장 더.

미이프가 건넨 것은 접힌 표면이 새까만 카드였다.

『자료 카드, 그리고 이 미션 카드는 당신만이 아는 정보입니다. 말로 알려주는 건 가능하지만, 이 카드를 다른 사람에게 직접 보여주는 건 금지됩니다.』

【미션】

【당신은 촌장을 살해한 범인입니다】

① 당신이 범인이라는 것을 게임이 끝날 때까지 숨길 것.

② 당신의 정체가 늑대 인간이라는 것을 숨길 것.

③ 당신의 「송곳니 목걸이」를 사수할 것. 누구에게도 빼앗기지 말 것.

④【범인에게만 주어지는 특별 미션】

게임의 마지막에 마을 재판이 열린 이후 내용 공개.

다만 마을 재판에서 추방된다면 이 특별 미션은 사라진다.

【(참고) 게임 순서】

① 살인 사건 발생 (인트로덕션) ※지금

② 다 함께 자기소개, 그리고 한 마디

③ 사건 1일 차 『아침』 제1 조사 페이즈

④ 사건 1일 차 『점심』 제1 보고 페이즈

⑤ 사건 1일 차 『저녁』 개인 시간

⑤ 사건 2일 차 『아침』 제2 조사 페이즈

⑥ 사건 2일 차 『점심』 제2 보고 페이즈

⑦ 사건 2일 차 『저녁』 개인 시간

⑧ 사건 3일 차 『아침』 마을 재판 (전원의 투표로 「범인」을 정해 추방함)

일단 타당한 미션이다.

자신이 늑대 인간이자 범인인 이상, 정체를 숨겨야 한다.

……다시 말해 아무것도 모르는 제빵사를 연기하라는 거야.

……일단 눈에 띄지 않도록 하자.

주의해야 할 것은 마지막 날의 『마을 재판』.

마을 사람 7명이 모여 투표해 범인으로 **의심되는 사람**이 추방된다.

범인이 아니라 범인으로 의심되는 사람, 간단히 말해 가장 수상한 마을 사람이 추방당한다.

……나를 제외한 여섯 명은 범인을 찾는 미션 카드를 받

았을 거야.

……무관계한 제빵사를 가장해 범인으로 의심받지 않도록 행동해야겠군.

이것이 지금 시점에서의 공략법.

또한 특별 미션은 지금 시점에선 전혀 예상할 수 없다.

『마지막으로 한 가지 더.』

『당신에겐 특수 능력이 있습니다. 이 「능력 카드」를 확인하세요.』

세 번째 카드.

역할과 미션 카드보다 글자 수는 적지만 정보량은 무척 많았다.

【능력】

늑대 인간인 당신은 인간에겐 없는 특수 능력이 존재한다.

이 능력을 활용하면 미션 달성에 큰 도움이 될 것이다.

능력 1『피의 추적』: 밤에 피 냄새가 부착된 플레이어를 찾을 수 있음.

능력 2『이에는 이를, 발톱에는 발톱을』: ??? 페이즈에만 발동 가능.

마을 사람 한 명의 공격을 되받아친다.

수수께끼투성이의 문장이다.

우선 페이의 마음에 걸린 건 능력 1.

……피 냄새? 냄새라면 내게서만 나야 하는 거 아니야?

……촌장을 살해한 살인범이니까.

그러나 능력 1은 자신 이외에도 피 냄새가 묻은 사람의 존재를 암시하고 있다.

그 점이 불길했다.

……나는 살인범이니 정체를 숨기는 쪽.

……그런 내가 능력 1을 사용해 누군가를 찾아야 하는 건가?

이 능력이 미션과 어떻게 이어질지는 아직 예측이 안 된다.

능력 2는 발동 타이밍조차 알 수 없다.

……마을 사람 한 명의 공격을 반격?

……어떠한 타이밍에 나는 누군가의 기습을 받을 가능성이 있어.

떠올리자.

미이프는 역할 중에 「사냥꾼」이 있다고 말했다. 짐승 사냥의 전문가인 사냥꾼이 늑대 인간을 노리고 있을 가능성도 크다.

그렇다면.

사냥꾼에게는 절대로 정체를 들켜선 안 될 것이다.

『제 설명은 이상입니다. 그럼 광장으로 돌아갈까요?!』

미이프를 따라 다시 광장으로.

먼저 역할 카드를 받은 여섯 명이 그곳에서 페이의 도착을 기다리고 있었다.

다만.

여섯 명 모두가 무언가를 숨기는 듯한 미묘한 얼굴이었다.

『오래 기다리셨습니다, 여러분!』

『「농부 미란다 님」, 「요리사 펄 님」, 「부촌장 레셰 님」, 「상인 넬 님」, 「꽃장수 알리사 님」, 「사냥꾼 케이오스 님」, 「제빵사 페이 님」. 역할 카드 배포가 완료되었습니다!』

모두의 역할 카드가 개시. 그리고 그 순간.

『의상 변경!』

뾰롱, 하고 귀여운 효과음이 울렸다.

페이를 포함한 일곱 명의 의상이 무지갯빛으로 빛나기 시작했다.

"이, 이게 뭐니?!"

"제 옷이……!"

미란다 사무장이 이리저리 살피고.

그 옆에서 알리사 비서관이 크게 당황했다.

『역할에 맞는 의상으로 바꾸어드렸습니다!』

일곱 명 모두가 저마다의 역할에 맞는 의상이 되었다.

지팡이를 든 부촌장(레셰).

밭일에 어울리는 차림을 한 농부(미란다 사무장).

커다란 주방장 모자를 쓴 요리사(펄).
어깨에 엽총으로 보이는 가방을 든 사냥꾼(케이오스).
등에 커다란 가방을 짊어진 상인(넬).
빨간 두건을 쓰고 꽃이 든 바구니를 든 꽃장수(알리사 비서관).
그리고.
페이는 커다란 벙어리장갑을 낀 제빵사다.
“훌륭해!”
부촌장인 레셰가 손에 든 지팡이를 즐겁게 흔들었다.
“우선은 형태부터. 롤플레잉은 이래야지!”
“음.”
엽총을 든 케이오스도 의욕에 찬 말투다.
“맡은 역할은 제대로 연기해야 재밌겠지. 따라서 제안할 게 있다. 서로 이름이 아니라 역할 카드대로 부르는 건 어때? 꽃장수.”
“…….”
“알리사 비서관.”
“앗, 네?! 그, 그랬었죠, 꽃장수는 저였어요!”
다급히 대답한 알리사 비서관은 옷과 꽃바구니가 신기했는지 이리저리 확인하느라 정신이 팔린 듯했다.
그녀는 신비법원의 사무원이다.
「신들의 놀이」의 이런 특수한 연출을 모르는 것은 아니지

만, 처음 경험하게 됐으니 눈길이 가는 것도 이상하지 않다.

"저는 괜찮습니다. 오히려 여러분을 어떻게 부를지 망설였으니까요."

"나는 대환영이야!"

"저도요!"

레셰와 펄이 힘차게 찬성.

넬과 미란다 사무장도 이론이 없었고 페이도 그 점은 문제없었다.

『여러분, 이제 역할을 다 이해하셨으니…….』

미이프가 손뼉을 쳤다.

『게임의 승리 조건을 말씀드리겠습니다!』

"어? 승리 조건은 **살인범을 알아내는 것** 아닌가요?"

펄이 눈을 깜박였다.

그렇다.

이 머더 미스터리의 목표는 「마을 재판에서 살인범을 밝히는 것」.

그러나 이번엔 그렇지 않다.

……범인이 나니까.

……내가 답을 아는 이상 니벨룽과의 대결 방식은 「범인 맞추기」가 아니야.

그렇다면 니벨룽은 어떻게 인간과 대결을 펼칠 생각일까.

『게임 「모든 것이 빨강이 된다」의 승리 조건, 그것은……!』

두 미이프가 저마다 한 바퀴 돌았다.
정확하게 동시에 입을 열고서.

『전원이 **적어도 한 가지씩** 미션을 달성하는 것.』

그렇게 나왔나.
예를 들어 페이에겐 네 가지 미션이 있다.
그 대부분이 범인이라는 것 & 늑대인간이라는 사실을 숨기는 것이다. 남은 여섯 명에게도 고유의 미션이 주어졌을 것이다.
……범인을 찾는 미션도 반드시 있겠지.
……한 사람이 아닌 여럿. 어쩌면 남은 여섯 명 전원이 탐정 역할일지도 몰라.
이건 어려운 문제다.
미션이 **모두 다르다.**
예를 들어 범인인 페이와 범인을 쫓는 탐정 역할은 게임 중의 플레이 지침이 정반대일 것이다.
그리고 전원이 미션을 달성해야만 한다.
……범인인 내 미션을 달성하면서 탐정 역할의 미션도 달성해야 한다고?
……그런 공략이 가능한가?
다른 여섯 명.

부촌장(레셰)도 요리사(펄), 상인(넬), 그리고 게스트 플레이어인 농부(미란다), 꽃장수(알리사), 사냥꾼(케이오스)도.

미션 카드를 응시하며 입을 다물었다.

『그럼 이야기를 시작하겠습니다!』

『사건의 진상을 깊이 아는 자, 앞으로 알게 될 자, 시작 지점에서의 지식은 차이가 있지만 **사건의 전모를 아는 사람은 없습니다.** 여러분, 부디 사건의 수수께끼를 밝혀 주세요!』

"……!"

작은 위화감.

사건의 전모를 아는 사람은 아직 없어?

페이는 촌장을 죽인 범인이다. 살해 동기와 살인 수단, 무엇보다 자신이 늑대 인간이라는 사실도 당연히 전부 알고 있다. 촌장을 죽인 당사자니까.

그런 자신이 모르는 사실이 있다?

……아니, 있어!

……**촌장의 시신은 불태워졌어!**

일행이 모인 곳은 광장 안이다. 거기서 약간 떨어진 곳에 촌장의 검게 탄 시신이 놓여있다.

페이는 늑대 인간이며, 그 발톱으로 촌장의 등을 베었다.

그 이외의 일은 하지 않았다.

……**촌장의 시신을 불태운 사람이 있어?**

……나를 제외한 여섯 명 중 누군가야. 그건 대체 누구고, 목적은 뭐지?

이 살인 사건은 범인인 페이가 그저 발뺌만 하는 사건으로 끝나는 것이 아니다.

범인인 페이조차 추리해야만 한다.

이 마을에는, 이 사건에는 아직 해결되지 않은 수수께끼가 남아있다.

『그럼, 게임 스타트!』

풍작의 마을 라타타탄을 배경으로 살육과 신비를 밝혀내는 게임이 시작됐다.

Chapter

Player.2 VS 초수 니벨룽 —범인은 이 안에 있습니다—

God's Game We Play

1

VS『원초의 짐승』니벨룽

게임『모든 것이 빨강이 된다』

【승리 조건】전원이 적어도 한 가지 미션을 달성할 것.

【패배 조건 1】전원의 미션 달성을 하지 못했을 때.

풍작의 마을 라타타탄의 광장에서, 페이가 눈여겨본 것은 네 가지.

먼저「타버린 촌장의 시신」.

그리고「사람 신장보다 높이 쌓인 장작더미」.

더 꼽자면「광장의 벤치」와「종이 달린 시계탑」.

……우선 타버린 촌장의 시신.

……그렇다면 당연히 시신을 태울 것이 필요하겠지.

눈에 들어오는 것은 장작더미.

이렇게나 많은 장작이 광장에 쌓인 것 자체가 이상하지

만 이 장작을 연료로 삼으면 촌장의 시신을 태울 수 있을 것이다.

그러나, 누가 어떤 목적으로?

촌장을 살해한 범인(페이)(제빵사)도 알 수 없었다.

……다른 여섯 명 중 누군가가 했을 거야.

……하지만 섣불리 묻고 다니면 내가 의심받을 거야.

페이는 늑대 인간이다.

수수께끼를 풀면서도 정체를 들킬만한 수상한 행동을 피해야 한다.

특히 사냥꾼(케이오스). 어깨에 총을 짊어진 사냥꾼의 미션은 늑대 인간 토벌이 포함됐을 가능성이 크다.

"게임이 시작됐으니……."

케이오스가 입을 열었다.

"전원이 맡은 역할에 맞춰 자기소개를 하자. 이게 처음 순서인『다 함께 자기소개』라고 생각하면 되겠지?"

『맞습니다!』

두 미이프가 고개를 끄덕였다.

『여러분은 역할에 맞춰 자기소개를 해주세요. 또한 역할 카드를 직접 보여주거나 적힌 내용을 그대로 읽으시면 안 됩니다.』

『아무래도 **알려지기 싫은 비밀을 숨긴 사람도 있으니까요.**』

술렁.

광장에 모인 일곱 명이 동시에 반응했다.

그것은 놀라움일까, 동요일까.

『비밀은 숨긴 채 자기소개를 하시면 됩니다. 롤플레잉을 즐기시면서 소개해 주세요.』

"음? 거짓말도 가능하다는 거니?"

『가능합니다!』

미란다 사무장의 질문에 미이프가 기다렸다는 듯이 끄덕였다.

『다만 여러분은 앞으로 사건 해결을 위해 마을을 샅샅이 탐색하게 됩니다. 그 과정에서 **부주의한 거짓말이 치명적으로 돌아올 증거가 나올**지도 모릅니다. 거짓말은 부디 신중히 하세요. 제가 전해드릴 사항은 여기까지입니다.』

지금 미이프가 준 힌트.

그것은 분명 살인범(늑대 인간)인 페이에게 보내는 메시지다. 부주의한 거짓말은 나중에 자신에게 불리하게 작용할 수 있다는 의미로.

"좋아! 그럼 바로 자기소개부터 시작하자."

레셰가 말했다.

"기대되네. 혹시 이 자기소개에서 범인이 실언을 할 수도 있을 테니까."

"……읏?!"

노골적으로 당황한 펄.

그것을 놓치지 않고 레셰가 손가락으로 가리켰다.

"찾았다. 요리사가 범인이야!"

"아, 아아아, 아니에요! 제, 제제, 제가 왜 수상하다는 건가요?!"

너무 수상하다.

펄은 고개를 저으며 부정하지만, 여섯 명은 차가운 시선을 보냈다. 처음 보는 사람인 알리사 비서관조차 말은 하지 않지만 펄을 의심하는 눈초리였다.

"그, 그럼 저부터 해도 상관없죠?!"

펄이 가슴에 손을 얹었다.

"저는 이 마을의 요리사예요! 제가 운영하는 오래된 레스토랑은 마을 사람들에게도 인기가 많죠! 특히 부촌장 씨와 제빵사 씨, 두 사람은 매일 스테이크 정식 곱빼기를 드시러 와요. 어떤가요! 전 마을을 위해 공헌하고 있잖아요! 따라서 결백합니다!"

"어?"

"어?"

제빵사(페이)와 부촌장(레셰)이 동시에 입을 열었다.

전혀 예상하지 못했던 지명.

제빵사(페이)의 마음을 표현하자면 「그게 뭐야? 모르는 사실인데?」였는데, 바로 옆에 있는 부촌장(레셰)의 표정을 보니 아마도 비슷한 마음일 것이다.

페이는 늑대 인간이다.

늑대이기에 고개를 찾아 스테이크를 먹는 습관이 있어도 이상하지 않다.

……**내가 모르는 내 정보**야.

……내가 늑대 인간이라는 걸 밝히는 힌트가 이미 뿌려진 건가?

범인인 페이가 실수하지 않더라도 탐정 측은 이런 세세한 정보를 단서로 진상에 도달할 수 있을지도 모른다.

"저는 범인이 아니에요!"

요리사 펄이 큰 목소리로 선언했다.

"촌장님도 레스토랑의 단골이셨어요. 저는 그런 촌장님을 살해한 범인을 용서할 수 없어요. 제가 반드시 범인을 찾아낼 거예요!"

『그럼 두 번째 자기소개를. 어떤 분이 하시겠어요?』

"그럼 내가."

모두의 표정을 살핀 페이가 손을 들었다.

"나는 제빵사야. 밭에서 얻은 밀로 빵을 굽고 있고 요즘은 새로운 상품도 연구하고 있어. 식당에서 스테이크 정식을 먹은 것도 새로운 상품으로 스테이크 빵을 고안하고 있기 때문이지."

광장에 모인 여섯 명을 천천히 둘러보았다.

"나는 촌장에게 원한을 품은 적이 없어. 오히려 내가 만든 빵을 자주 산 고객이지. 그러니 나도 범인을 잡는 일을 돕고 싶어. 이상이다."

페이의 거짓말은 두 가지.

하나는 스테이크 빵을 고안 중이라는 것. 역시 이것이 거짓말이라는 것을 알 수 있는 정보는 존재하지 않을 것이다.

다른 하나는 「촌장에게 원한을 품은 적이 없다」는 것이다. 여기서 촌장에게 원한을 품었다고 말하는 사람은 없을 테니 모두가 똑같은 발언을 할 것이다.

『네, 고맙—.』

"다음은 나!"

기다리지 못하고 손을 든 부촌장(레셰).

손에 든 지팡이를 가볍게 붕붕 돌리며.

"내가 이 마을의 부촌장이야! 이렇게 보여도 덩치가 크고 힘이 강해. 그래서 레스토랑에서 자주 고기를 먹지만, 그만큼 제대로 일하고 있어. 마을에선 장작을 자주 사용하니 **나무꾼으로서** 숲에서 통나무를 옮겨오기도 해."

"음? 그렇다면 레셰…… 아니, 부촌장 공?"

상인(넬)이 끼어들었다.

"부촌장 공은 부촌장인 동시에 나무꾼이니…… **이 광장에 장작을 가져와 쌓은 사람도?"**

"나야."

그렇게 대답한 부촌장(레셰) 본인도 상인(넬)의 질문의 의도를 파악하지 못했을 리가 없다.

촌장의 시신은 불에 탔다.

산더미처럼 쌓인 장작이 연료로 사용됐을 가능성이 크다. 그리고 부촌장(레셰)이 불을 붙이기 위해 미리 장작을 준비했을 가능성은?

……아니.

……하지만 정말 그럴까?

부촌장(레셰)이 장작을 사용해서 불을 붙였다고 하자.

그렇다면 『나무꾼』이라고 밝힐 리가 없다.

상인(넬)이 의심한 것처럼 방금 발언은 자신이 의심을 살 뿐, 아무런 도움이 안 된다. 장작을 옮긴다는 이야기는 숨겼어도 됐다.

……그러니까 부촌장(레셰)은 자신감이 있는 거야.

……방금 한 말은 자신이 불을 붙이지 않았다는 자신감을 드러낸 건가?

"나는 촌장의 오른팔로 몇 년이나 이 마을을 위해 일했고 나무꾼으로서도 마을에 공헌해왔어. 마을의 평화를 지키는 게 내 일이야!"

레셰의 자기소개가 끝났다.

뒤이어.

"부촌장 권한으로 다음을 정할게. 다음은 농부!"

"그런 권한이?!"

지명된 미란다 사무장이 비명을 질렀다.

아직 마음의 준비가…… 하고 말하면서도 헛기침을 한번 하고는.

"나는 농부야. 갓 수확한 농작물이 자랑이지. 빵집에서 사용하는 밀가루도 우리 밀밭에서 나온 거야. 그리고 취미는 와인 제작. 신선한 포도를 사용한 레드 와인을 촌장에게 선물한 적이 있을 정도로 촌장과 사이가 좋았어."

여기서도 정보 하나가 밝혀졌다.

제빵사(페이)의 밀은 농가에서 공급된 것인 모양이다.

위험했다. 만약 「밀은 직접 재배했다」고 말했더라면 바로 지금 모순이 생겨났을 것이다.

……제빵사와 농부는 우호 관계야.

……예상대로지만 지금까진 모두가 촌장과 사이가 좋군.

남은 건 넬, 케이오스, 그리고 알리사 비서관.

다음은 누가…….

"전부 움직이지 마!"

케이오스가 한 발 앞으로 나섰다.

평소의 또렷하지 않은 말투와는 전혀 다르게 사냥꾼다운 용맹한 말투로.

"나는 사냥꾼이다! 아는 사람도 있겠지만 실은 이 마을에선 몇 명의 마을 사람이 실종되는 사건이 벌어졌지."

깜짝.

광장에 모인 모두의 눈이 커졌다.
페이도 그랬다. 늑대 인간인 그는 실제로 「친구 늑대 인간이 이 마을에서 실종됐다」는 소문을 듣고 이 마을에 왔다.
"나는 실종 사건의 범인을 찾아달라는 촌장의 의뢰를 받았다. 따라서 내가 촌장을 죽일 리가 없지. 이 정보를 제시한 점을 봐서 탐정 측이라고 믿어줬으면 해!"
말투도 그렇지만 무엇보다 그 내용이 강하다.
사냥꾼이자 탐정 역할이라는 점을 이렇게까지 단언한 것은 그 말이 나중에 거짓말이라는 증거가 나오지 않으리라는 확신이 있었기 때문일 것이다.
……케이오스 선배는 결백해. 분명 범인을 찾는 역할이겠지.
……사냥꾼이니 범인인 나와는 정반대인 입장인 것 같아.
그렇다면 신경 쓰이는 점은 능력과 미션이다.
늑대 인간에게 특수 능력이 있었던 것처럼 사냥꾼이 어깨에 맨 총으로 「범인을 쏘는」 능력과 미션을 받았어도 이상하지 않다.
그 근거는 페이의 능력 2.

능력 2『이에는 이를, 발톱에는 발톱을』: ??? 페이즈에만 발동 가능.
마을 사람 한 명의 공격을 되받아친다

사냥꾼의 공격을 피하기 위한 능력.

그렇게 생각하면 능력 2를 완벽할 정도로 설명할 수 있다. 하지만.

……조심해야 해.

……늑대 인간을 사냥하는 능력과 미션이 **한 사람에게만 있다고 할 수는 없어.**

그 근거는 부촌장(레셰)이다.

부촌장에게는 부가 직업 「나무꾼」이 숨겨져 있었다. 그 외에도 숨겨진 직업을 지닌 사람이 있다고 생각하는 편이 좋다.

“그럼 다음은 내가!”

뒤이어 넬.

“나는 상인이다. 1년에 한 번 이 마을을 찾아오지. 도시와 거리가 먼 이곳에 귀중한 등유와 기계 설비 등을 공급하고 있다. 촌장도 날 많이 신뢰해서 저택에 자주 초대받았어.”

상인은 유일하게 「마을 주민이 아닌」 존재다.

예외적인 입장이라 미션을 숨기고 있어도 이상하지 않지만 자기소개를 들어보면 그런 낌새는 보이지 않는다.

다만.

힌트는 말에만 있는 것이 아니다.

넬이 등에 멘 커다란 가방. 상인의 차림으로는 자연스럽지만 **대체 저 안에 무엇이 들어 있을까?**

『넬 님, 감사합니다.』

『그럼 마지막 분, 부탁드려요.』

모두의 시선이 한곳에 집중됐다.

지금까지 긴장한 듯 입을 다물고 있던 알리사 비서관이 마른침을 한 번 삼키고 조심스럽게 입을 열었다.

"저는…… 꽃장수입니다……."

알고 있다. 오른손에 꽃바구니를 들고 있기도 하니까.

내심 모두가 그렇게 생각했을 것이다.

"저는 그게…… 초원에 자란 꽃을 꺾어서……."

"초원에 자란 꽃이라고?!"

꽃장수(알리사)의 말을 끊듯 케이오스의 목소리가 울렸다.

"사냥꾼인 내가 말하자면 마을 밖에 있는 넓은 초원엔 늑대가 나와. 섣불리 혼자 밖으로 나가면 안 될 텐데, 혼자서 꽃을 꺾으러 나간다니…… 혹시……."

"이, 이상할 것 없잖아요?!"

무척이나 당황하는 꽃장수.

긴장했을 뿐인 것 같지 않다. 마치 말이라는 창으로 급소를 찔린 것처럼 당황하는 것이 아닌가.

"밖으로 나간다 해도 마을 바로 옆이에요. 늑대도 야행성이니까…… 저기, 낮에 나가면……."

"흐음?"

"수상하다, 꽃장수 공."

"저, 저는 수상하지 않아요! 평범한 꽃장수입니다!"

부촌장 레셰와 상인 넬이 의심스럽게 바라보자 꽃장수가 필사적으로 고개를 저었다.

"어, 어쨌든 자기소개는 이상입니다!"

『감사합니다!』

두 미이프가 마주 보고는 키득키득 웃었다.

『시험 삼아 설문조사를 하겠습니다.』

『이건 게임 본편과는 전혀 상관없습니다. 방금 자기소개를 듣고 제일 수상하다고 생각한 분을 지명해 주세요.』

플레이어 여섯 명이 일제히 남은 한 명을 망설이지 않고 가리켰다.

꽃장수(알리사)를.

"무, 무슨?! 근거가 뭔가요?!"

"클리셰 추론이다."

"……네?"

어리둥절하며 고개를 갸웃한 알리사 비서관에게 곧바로 케이오스가 곧바로 대답했다.

"꽃장수는 모르는 용어였나?"

"……네. 그게 뭐죠?"

"게임 요소만이 아니라 신의 의도까지 고려한 추측이지."

즉, 이런 뜻이다.

그렇게 서두를 던진 케이오스의 설명은.

"머더 미스터리 동호회장인 내 경험으로 볼 때 머더 미스터리의 범인은 살인을 저지를 것 같지 않을 것처럼 행동하는 여성일 경우가 많지. 그러니 꽃장수!"

"게임과 상관없는 판단 요소인 것 같습니다만?!"

꽃장수라는 얌전한 직업.

꽃을 사랑한다는 가련한 인상이기에 가능한 범인이 아닐까. 케이오스의 추리는 그야말로 「일반적인 미스터리의 흔한 설정」을 역이용했다 할 수 있다.

……하지만 실제로 꽃장수는 뭔가를 숨기는 분위기야.

……한 마디 한 마디가 상당히 신중했어. 자기소개 중에 실수로 불필요한 말을 하지 않기 위해서인가?

그렇기에 페이도 꽃장수를 가리켰다.

촌장을 살해한 범인은 자신이고, 그 사실을 감춰야 한다.

『현시점에선 꽃장수 님에게 의심의 시선이 몰렸네요.』

『그럼 앞으로 어떻게 변할지! 저희도 기대됩니다!』

쌍둥이 미이프가 키득키득 웃었다.

……저 말이 맞아.

……살인 사건의 수수께끼를 푸는 정보에 따라 어떤 결말도 일어날 수 있어.

범인인 페이가 원하는 정보는 두 가지.

1 : 플레이어 일곱 명 중 탐정이 몇 명이고 누구인가.

2 : 촌장의 시신이 불탄 수수께끼.

우선 탐정 역할의 고찰.

거의 확실한 것은 사냥꾼(케이오스)이지만 그 외에도 탐정역의 미션을 숨긴 사람이 있을 가능성이 크다.

……탐정역이 두 사람 이상일 경우.

……케이오스 선배라면 당연히 일부러 자신을 눈에 띄게 해서 다른 사람을 숨기겠지.

뒤이어 불탄 시신의 수수께끼.

촌장의 시신을 불태운 것은 누구일까? 어째서 태웠을까?

이것이 일반적인 미스터리라면 이곳에 모인 인물들은 수수께끼 해명을 위해 정보를 적극적으로 공개할 것이다.

그러니 이 게임은 신이 그것을 허락지 않는다.

인간 측의 승리 조건은 『전원이 **적어도 한 가지씩** 미션을 달성하는 것』.

이것이 너무나도 성가시다.

이 승리 조건 때문에 **플레이어끼리 함부로 정보를 공유할 수 없게 됐다.**

범인에겐 「범인임을 들키지 않을 것」이라는 미션이 있다.

탐정에겐 「탐정임을 들키지 않을 것」이라는 미션도 있을 것이다.

과도한 정보 공유는 자신에게 주어진 미션을 달성하기 어렵게 한다.

……그것을 고려한다면.

……범인인 나는 마찬가지로 **범인 측** 플레이어를 찾아야 할지도 몰라.

이 살인 사건은 아마 한 명으로는 풀 수 없을 것이다.

범인 플레이어는 다른 범인 측 플레이어와 반드시 협력해야 할 것이다.

따라서 이 게임 공략은.

스텝 1 : 사건의 수수께끼를 푸는 정보 찾기.

스텝 2 : 정보를 공유할 수 있는 범인 측과 공유할 수 없는 탐정 측을 판별.

스텝 3 : 살인 사건의 수수께끼를 푼다. (범인 측이라면 시신이 불탄 수수께끼 등)

스텝 4 : 플레이어 일곱 명이 각자 미션을 달성한다.

이론적으로는 수수께끼를 풀지 않더라도 미션만 달성하면 된다.

그러나 이 게임은 진상을 해명하지 않고 미션을 달성할 수 있을 정도로 쉽지 않을 것이다. 진상 해명과 미션 달성은 아마도 밀접하게 연관되어 있다.

『그럼 여러분!』

쌍둥이 미이프의 목소리가 깔끔하게 겹쳐 울렸다.

『제1 조사 페이즈를 시작합니다!』

—사건 1일 차 『아침』 제1 조사 페이즈 개시—

『오늘은 촌장님이 예언한 대재앙이 마을을 덮치는 날이었습니다.』

『대재앙을 막으려 한 촌장님은 어젯밤 중요한 의식을 치르려 한 모양이지만…… 다음 날 아침, 광장에 모인 당신들이 본 것은 불에 탄 촌장님의 시신이었습니다.』

그것이 「바로 이 순간」이다.

범인은 촌장이 광장에 있다는 사실을 아는 마을 주민일 것이다. 그러니 마을 사람이 조사를 시작한다는 스토리.

탐정 측은 살인 사건의 범인을 찾기 위해.

범인 측은 촌장의 시신이 불탄 수수께끼를 해명하기 위해 움직인다.

『이번 조사 페이즈에서는 마을 사람의 집을 수색할 수 있습니다. 다만, 조사는 한 사람이 한 곳만. 두 사람이 동시에 조사할 수는 없습니다. 헛수고가 되지 않도록 자신이 밝혀내고 싶은 수수께끼와 연관됐다고 여겨지는 곳을 찾는 걸 추천합니다.』

플레이어는 일곱 명.

조사할 수 있는 곳은 아홉 곳.

조사 페이즈 조사 9군데

Murder Mysteries : Everything turns red.
-Survey phase

케이오스
②사냥꾼의 집

①
광장

광장에는 **촌장의 시신(소사체)**가 있다.
이곳을 조사하면, 광장에 있는
「높게 쌓인 장작더미」,
「벤치」,
「종이 달린 시계탑」
도 조사할 수 있다.

알리사
③꽃장수의 집

페이
④제빵사의 집

펄
⑤요리사의 집

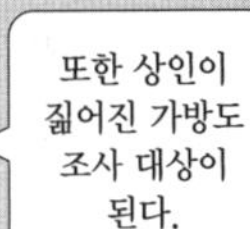

미란다
⑥농부의 집

또한 상인이
짊어진 가방도
조사 대상이
된다.

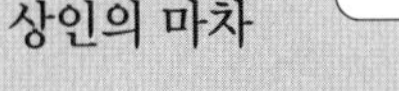

넬
⑦상인의 마차

레세
⑧부촌장의 집

⑨촌장의 저택

지금 시점에서 확실한 것은 조사 페이즈에서 반드시 **조사하지 못하는 두 군데가 발생**한다는 점.

……장소를 고르는 일부터 신경을 써야 해.

……중요한 정보를 놓쳤을 때의 손해가 너무 커.

『조사 페이즈에는 한정된 조사 시간이 주어집니다.』

『광장의 종이 울리면 돌아와 주세요. 빠른 사람이 유리해요!』

범인인 페이의 시점에선 촌장의 시신이 불탄 수수께끼를 풀고 싶다.

그러나 조사하는 곳을 솔직하게 고르면 「자신이 무엇을 알고 싶은지」를 다른 여섯 명에게 들킬 위험도 있다. 우선 다른 플레이어가 어떻게 나올지 지켜봐야 하나?

그렇게 생각한 순간.

"저요!"

그런 침묵을 날려버릴 기세로 요리사(펄)가 재빨리 손을 들었다.

"저는 상인을 조사할게요!"

"……뭐?!"

등에 멘 가방을 가리키자 상인(넬)의 눈이 커졌다.

자기소개가 완벽했다고 자부했는지, 자신이 의심받을 줄은 전혀 몰랐던 모양이다.

"저 가방이 수상해요!"

"자, 잠깐, 펄…… 아니, 요리사! 나는 결백하다. 내 커다란 가방을 조사해봤자 수상한 건 아무것도 나오지 않아!"

"흐음? 그런 것치고는 민감하게 반응하시네요?"

히죽이는 얼굴로 추궁하는 요리사.

"하지만 안심하세요. 저는 상인이 촌장님을 죽였다고 의심하는 건 아니에요."

"……무슨 뜻이지? 나를 의심하지 않는데 내 짐을 조사하겠다고?"

의아한 듯이 눈이 가늘어진 상인(넬).

그 반응조차 유쾌하다는 듯이 요리사 펄이 접근했다.

"제가 노리는 건 다른 거예요. **어떤 아이템을 원하거든요.**"

"윽!"

상인 넬이 가방을 끌어안았다.

"……설마 펄, 아니, 요리사! 네 목적은!"

"짚이는 게 있죠?"

동요를 숨기지 않는 상인.

그런 상인에게 요리사가 조금씩 다가갔다.

『그럼 요리사님을 상인님의 마차로 안내하겠습니다~.』

『다른 분도 정해주세요. 같은 곳을 조사할 수는 없습니다.』

"……정했다."

가방을 땅에 내려놓은 상인이 마음을 굳힌 표정으로 손을 들었다.

"나도 조사할 곳을 정했어. 요리사의 집을 대항 조사하는 선택지도 있지만, 나는 레셰 공, 아니, 부촌장 공의 집을 조사하지!"

"……!"

레셰가 움찔거렸다.

그 반응으로 볼 때 부촌장에게도 어떤 비밀이 있는 듯하다.

"물론 상관없어. 그럼 나는…… 확인하고 싶은 게 있으니 광장으로 할래."

부촌장 레셰는 광장에 머물겠다고 선언.

뒤이어.

"저도 괜찮을까요?"

꽃장수, 알리사 비서관이 손을 들었다.

아까의 동요가 진정됐는지 지금은 비서관답게 침착한 말투였다.

"저는 빵집을 조사하겠습니다."

왔다.

각오했던 선언을 들은 페이는 표정 변화 없이 끄덕였다.

"참고로 만약 괜찮다면 알려주지 않을래? 내 집을 조사하는 건 내가 수상해서?"

"아니요."

꽃장수(알리사)가 진지한 얼굴로 즉답.

"촌장님은 불에 타 돌아가셨습니다. 불에 타 살해당한

것 같지만 정말로 여기서 살해당한 것인지는 확실하지 않습니다."

"……아, 그렇군."

촌장은 다른 곳에서 살해당한 뒤 광장에 옮겨졌을 가능성도 있다.

예를 들어 빵집이라면 빵을 굽는 용도의 장작이 있을지도 모른다. 그것으로 촌장의 시신을 태울 수 있지 않을까?

그것이 꽃장수의 추리다.

……사실과는 다르지만 가능성을 확인하려는 의미에선 날카로워.

……살인범을 찾으려는 강한 의지가 있어.

탐정에 가까운 입장이다.

한편 살인범 페이의 시점에선 불행 중 다행이라 할 수 있을지도 모른다.

……늑대 인간인 나는 촌장을 광장에서 습격해 살해했어.

……그러니 집을 조사해도 살인 증거는 나오지 않아. 불에 탄 시신에 관해서도.

신경 쓰이는 것은 부촌장 레셰다.

광장을 조사하면 그야말로 살해 현장의 중대한 증거가 나올 가능성도 있다.

……나도 광장이 조사 후보지 중 하나였어.

……촌장을 불태운 「누군가」와 연결된 증거를 찾을 수 있

을지도 모르지.

그것이 부촌장일 가능성도 있다.

부촌장이 광장을 조사하는 것으로 그 증거를 은폐할 위험도 있을 것이다. 이렇게 되면 선수를 빼앗긴 셈이다.

"……."

아직도 생각 중인 농부(미란다), 사냥꾼(케이오스).

그 두 사람의 옆모습을 언뜻 본 페이가 손을 들었다.

"나는 촌장의 저택을 보고 싶어."

페이의 감이다.

촌장의 저택은 아마도 살인범의 구제 조치.

촌장이야말로 실종 사건의 흑막이라는 사실을 늑대 인간인 페이만이 알고 있다.

……촌장의 악행을 밝힐 증거가 있다면.

……그것을 제시하면 범인에게 동정할 플레이어도 있을지도 몰라.

남은 건 두 사람.

"좋아! 미이프 군, 질문이 있는데."

미란다 사무장이 공중에 뜬 미이프에게 손짓했다.

"실은 말이지."

그리고 속닥속닥.

"……그래서……집을……해도 돼?"

『그렇군요! 농부님은 자기 집에 증거가 있는 게 두려워

자기 집을 조사하고 싶다는 거군요!』

“왜 큰 소리로 말하는 거니?!”

『안 됩니다!』

“거기다 부정하는 거야?!”

『지금은 누가 범인인지 찾기 위해 서로의 집을 조사하는 상황입니다. 자기 집으로 돌아가면 살인의 증거를 숨길 수 있습니다. 그걸 서로 금지한다는 스토리입니다.』

“그걸 처음에 얘기했어야지!”

머리를 싸매는 농부.

그러나 이미 늦었다. 이야기를 들은 사냥꾼 케이오스가 돌아보았다.

“내 예상대로군, 사무장…… 아니, 농부! 보이고 싶지 않은 게 있나 보군!”

“무, 무슨 말이니, 사냥꾼 군!”

“숨겨도 소용없어. 나는 어제 어떤 무서운 장면을 보고 말았으니까!”

“뭐?!”

농부의 얼굴이 점점 창백해졌다.

“……설마 그걸 본 거야?!”

아까 요리사(펄)에게 지명된 상인(넬)도 동요했었지만, 지금 건 그것과 비교할 바가 아니다. 치명적인 약점을 잡힌 사람의 표정이다.

"이 대결, 빠르게 결판이 날 것 같군."

살며시 입가에 미소를 떠올린 케이오스가 공중의 미이프에게 말했다.

"나는 농부의 집을 조사하지."

『알겠습니다. 그럼 농부님, 이제 당신만 남았습니다.』

"큭……!"

입술을 깨문 농부.

아무래도 방금 행동으로 보아 서로에게 상당한 정보를 안겨줬음이 분명하다.

"……그럼 나는 요리사 군의 식당을 조사할까."

『그럼 안내하겠습니다.』

『광장에는 부촌장님 혼자 남게 됩니다. 농부님, 사냥꾼님, 제빵사님은 이동해 주세요.』

라타타탄 마을, 촌장의 저택.

높은 지형 위에 있는 저택은 그 현관에서 마을 전체가 보였다.

"……흠, 촌장의 저택은 이런 이점도 있군."

마을의 전경.

붉은 벽돌의 집은 부촌장(레셰)의 집일 것이다(상인(넬)이 조사 중).

밭에 둘러싸인 곳이 농부(미란다)의 집(사냥꾼(케이오스)이 조사 중).

굴뚝이 달린 통나무집이 제빵사(페이)의 집(꽃장수(알리사)가 조사 중).

하얀 페인트가 칠해진 집이 요리사(펄)의 집(농부(미란다)가 조사 중).

오두막 같은 통나무집이 사냥꾼(케이오스)의 집.

아름다운 꽃이 핀 정원에 둘러싸인 곳이 꽃장수(알리사)의 집.

마을 중앙에는 광장이 있고, 부촌장(레셰)이 무릎을 꿇고 지면을 조사하고 있다.

광장에서 조금 떨어진 곳에 상인 넬의 마차가 멈춰 있고 이쪽은 요리사(펄)가 조사 중.

……조사 페이즈는 두 번 있어.

……이번에 조사하지 못한 사냥꾼과 꽃장수의 집은 두 번째에 반드시 확인해야 해.

조사 상황은 대략 파악했다.

그리고 페이가 조사하는 곳은 촌장의 저택.

저택은 2층 목조 건물. 집도 넓지만 부지도 상당해서 정원에는 창고까지 세워져 있었다.

“어? 촌장의 저택이라면 이 창고도 조사할 수 있나?”

저택을 천천히 관찰하며 뒤뜰로 이동.

검은 벽돌로 지어진 창고는 얼핏 보아도 튼튼할 것 같았고, 문에는 투박한 자물쇠가 걸려 있었다.

“……안 열리려나.”

자물쇠 때문에 늑대 인간의 힘으로도 열리지 않았다.

"아니면 열리지 않는 설정인가?"
창고는 포기하고 저택 현관으로.
여기도 열쇠로 잠겨있나 싶어 힘을 준 순간, 나무로 된 현관문이 간단히 열렸다.
"어? **열려있어?**"
이상하다. 저택의 문이 열린 것은 이상하지 않지만.

『여러분은 누가 범인인지 서로의 집을 조사하는 상황입니다.』

미이프는 아까 그렇게 말했다.
예를 들어 제빵사(페이)의 집은 꽃장수(알리사)가 마음대로 드나들 수 있다.
이것은 집주인인 페이가 꽃장수(알리사)에게 열쇠를 건넸다는 설정이기 때문. 조사하고 싶다면 열쇠를 넘겨줘야 한다.
……상인이라면 마차만이 아니라 가방도 포함돼.
……조사 대상을 선택한 시점에서 그 사람은 정보 제공에 협력하는 규칙이야.
그러나 촌장은?
이미 사망한 촌장은 조사에 협력할 수 없다.
"촌장의 저택이니 문을 열기 위해선 집의 열쇠가 필요할 텐데…… 나는 촌장의 집 열쇠를 갖고 있지 않아. 시신에 남아있는지도 알 수 없어. 그런데도 문이 열린다는 건…….”

이 문은 **어젯밤부터 계속 열려있는 상태**다.

그렇게 생각할 수밖에 없다.

……깜빡하고 잠그지 않은 것 같지는 않아.

……촌장이 집을 나왔을 때 문을 잠그지 않은 이유가 있나?

저택 안으로 들어가자.

거실로 들어간 순간, 천장의 강한 빛이 페이의 눈꺼풀을 자극했다.

“……?! 거실의 전등도 켜진 상태야?!”

낮이기에 밖에서는 알 수 없었다.

어째서인지 촌장의 저택은 거실의 전등이 켜져 있었다.

……문도 잠겨있지 않고.

……거실도 전등이 켜진 채.

촌장은 이런 상황에서 밖으로 나갔다(광장으로 갔다)고 생각된다.

“그게 이상하단 말이지. 원래는 꼼꼼한 성격일 텐데…….”

페이가 주목한 것은 가구다.

책상과 바닥에 깔린 융단은 특수 제작품으로 보이고 벽 옆의 책장도 전부 멋진 골동품이다. 그 모든 것이 꼼꼼히 정돈되어 놓여있다.

“그런 촌장이 사건 날 밤에만 전등을 끄지 않고 문도 잠그지 않은 채 밖으로 나갔다…….”

지금 시점에선 알 수 없다.

그리고 페이가 원하는 것은 촌장이 마을 실종 사건의 범인이라는 증거다.

거실에 없다면…….

"이쪽은?"

거실 너머는 서재였다.

연식이 있는 목제 테이블, 벽에는 오래된 책장에 오래된 책들이 잔뜩 놓여 있었다. 그 책장 사이에 걸린 어떤 여성의 그림만이 새것 같았다.

그렇게 생각한 순간.

페이의 눈앞에 선명한 문자가 떠올랐다.

【『촌장의 저택』 정보 ①】

서재의 그림.

온화한 미소를 떠올린 초로의 부인 그림에는 『사랑하는 사람』이라는 제목이 붙어있다.

"이게 정보인가!"

부인의 그림.

사랑하는 사람이라는 제목으로 보아 아내의 초상화임이 분명하다.

"애처가였나. ……이상한데? 촌장의 시커먼 본성을 조사하려고 온 건데."

예상했던 정보와는 정반대다.

제빵사(늑대 인간)의 역할 자료에 따르면 촌장은 무언가를 꾸미던 것처럼 느껴졌다.

……역할 자료에는 없었던 촌장의 일면이야.

……이거 선입관의 반대를 교묘하게 배치했네.

추측도 처음부터 다시 시작해야 한다.

촌장의 인품에 관해 커다란 이미지 수정이 필요할지도 모른다.

"음? 종소리?"

그때 멀리서 장엄한 종소리가 울렸다.

광장의 종이다.

『네~ 여러분.』

뒤이어 들리는 미이프의 알림.

『조사 페이즈가 종료되었습니다. 서둘러 광장으로 돌아와 주세요.』

사건 1일 차 『저녁』 제1 보고 페이즈

조사 페이즈 종료 이후.

페이가 광장에 도착한 것은 다섯 번째였다.

광장에서 촌장의 시신을 조사한 부촌장(레셰)이 당연히 1등.

도착한 순서는 모르겠지만 상인(넬), 사냥꾼(케이오스), 농부(미란다)는 이미 광장에 있었고, 그 뒤에 제빵사(페이)가 도착했다.

"……어? 촌장의 시신은?"

"저기야."

촌장의 시신이 없다 싶었는데.

농부가 가리킨 벤치 부근이 얇은 가림막으로 가려져 보이지 않게 됐다.

"앞으로 촌장의 시신을 확인하려면 조사 페이즈에서 촌장을 조사해야 한대."

"아, 그렇군."

시신도 한 번은 조사하고 싶다.

적어도 살인범인 페이로서는 달갑지 않은 증거가 숨겨져 있을 터.

……하지만 차라리 판단하기엔 나쁘지 않아.

……부촌장(레셰)이 탐정 역할인지, 아니면 범인의 협조자 측인지를.

촌장의 시신에서 얻은 정보는 범인을 특정할 때 도움이 될 것이다. 그것을 공개하는가, 숨기는가에 따라 부촌장(레셰)의 입장을 추측할 수 있다.

"제가 너무 늦었죠?!"

"너무 늦어 죄송합니다."

요리사(펄)와 꽃장수(알리사)도 합류.

"둘 다 늦었잖아."

그렇게 대답한 부촌장(레셰)은 광장에 쌓인 장작을 들고 운반하는 중이다.

"……지금 뭐하세요? 레셰 씨."

"부촌장이야. 보면 알잖아."

"……장작을 옮기는 것처럼 보이는데요."

"캠프파이어 준비야. 이제 보고 페이즈인데, 이 초원은 금방 해가 저물어 어두워지니 불을 피워달라고 미이프가 말했거든."

무거워 보이는 장작을 양어깨에 짊어지고 운반 중.

……그보다 이제야 느끼는 건데, 저 장작 정말 크네.

……거의 그루터기 같은 두께인데?

하나하나가 성인과 비슷한 크기다.

그것을 양어깨에 짊어지고 몇 번이고 왕복하는 건 말도 안 되는 중노동이다. 「플레이어」가 레셰이기에 당연하다고 착각하기 쉽지만 그렇지 않다.

게임에서 가능한 일은 역할 자료의 설정에 따른다.

부촌장은 그만큼 힘이 센 캐릭터라는 뜻이다.

"됐다!"

『그럼 바로 파이어 온!』

레셰가 쌓은 장작에 불이 붙었다.

이것도 게임 이벤트일 것이다. 살며시 붉어진 하늘이 캠프파이어의 장작에 불이 붙은 순간 점차 어둡게 물들었다.
"……."
"상당히 진지하게 보네."
"꺅?! 네, 레셰 씨…… 아니, 부촌장 씨, 왜 그러세요?!"
불을 바라보던 펄이 레셰가 어깨를 두드리자 퍼뜩 돌아보았다.
"이상하게 조용하더라? 평소라면 『와, 로맨틱한 캠프파이어예요~!』 하고 좋아할 텐데."
"그, 그그, 그런 말 안 해요!"
고개를 세차게 젓는 요리사.
본인은 그렇게 말하지만 지나치게 동요하는 것이 명백했다.
『네, 정숙하세요!』
『지금부터 보고 페이즈입니다.』
미이프 둘이 손뼉을 쳤다.
불빛을 받아 주황색으로 물든 일곱 플레이어를 둘러보고는.
『여러분, 다양한 정보와 아이템을 손에 넣으셨을 겁니다. 이번 보고 페이즈는 사건의 수수께끼 풀이를 위한 정보 교환 모임입니다만, 물론 정보 공개는 자유입니다. 침묵해도 좋고, 거짓말해도 좋습니다.』
『시간은 이 캠프파이어의 불이 꺼질 때까지입니다.』

광장에 긴장감이 감돌았다.

자신이 손에 넣은 정보를 어디까지 공개해야 할까. 예를 들어 자신에게 불리한 정보라면 그건 말하지 않는 편이 좋을 것이다. 그렇기에.

"제빵사인 나부터 말해도 될까?"

페이가 자진해서 손을 들었다.

제일 먼저 정보를 공개해 자신이 결백하다는 인상을 심어준다.

"나는 촌장의 저택을 조사했어. 이유는 범인의 동기를 알기 위해서. 누가 촌장을 죽였는지, 그 동기의 단서를 찾을 수 있지 않을까 했어. 내가 조사한 건 저택의 거실과 서재로, 그 서재에 있던 것이—"

"뭔가 발견했구나, 제빵사 공!"

말이 끝나기도 전에 반응한 것은 상인(넬).

"대체 무엇을?!"

"아내로 보이는 그림이 있었어. 아마도 애처가였던 것 같아."

"……애처가?"

상인의 눈이 동그래졌다.

아무래도 전혀 다른 정보를 기대했던 모양이었다.

"……그렇군. 나는 들어본 적이 없다. 그게 정말인가? 제빵사 공."

"나도 처음 들어."

"나도다."

그 말에 반응한 부촌장(레셰)과 사냥꾼(케이오스).

말이 없는 요리사(펄), 농부(미란다)도 놀란 듯이 눈이 동그래졌다.

아무도 모르는 촌장의 일면.

살인 사건의 수수께끼와 직접 관련이 있을지는 알 수 없지만 모두에게 새로운 정보라 할 수 있을 것이다.

"나도 놀랐어. 촌장은 타인과 자주 접촉하지 않는 줄 알았는데, 이런 일면이 있을 줄이야."

그렇게 말하는 한편, 페이는 다른 관점으로 고찰했다. 정보의 내용이 아니라 그 조사 페이즈 자체에 대해서.

……촌장의 저택 정보 ①이라는 숫자가 힌트야. 이건 ②, ③이 있다는 것을 시사해.

……그 저택에는 아직 정보가 남아있어.

정보 ①의 그림은 사건과의 관련성이 적었다.

정보 ②, ③으로 나아가면서 더 중요한 정보가 나올지도 모른다.

"나는 이상이야. 다음은?"

"맡겨줘! 내가 엄청나게 유력한 정보를 찾고 말았어!"

타오르는 불꽃 앞에서 불꽃보다도 강하게 빛나는 주홍색 머리카락이 크게 나부꼈다.

그리고 부촌장(레셰)이 힘차게 나섰다.

"나는 이 광장에 남아 촌장의 시신을 조사했어. 그 결과 이 정보 카드를 손에 넣었지!"

손바닥 크기의 카드.

페이가 정보를 습득했을 때는 없었던 그것이 빛을 내더니 허공에 문자가 떠올랐다.

【광장 정보 ①】

촌장의 시신을 조사한 결과 당신은 중요한 사실을 깨달았다.

불에 탄 시신에는 가슴과 등에 커다란 상처가 있다.

"……뭐?!"

페이를 포함한 여섯 명 전원이 경악했다.

이건 위험하다.

불에 타 죽었다고 여겨졌던 촌장의 사인이 사실은 전혀 다른 것이었다는 정보. 살인 사건의 정세가 단번에 틀어졌다.

……근데 잠깐, 가슴 상처?

……늑대 인간인 내가 공격한 건 촌장의 등인데?

가슴의 상처는 아니다.

이 상처는 **촌장을 정면에서 공격하지 않으면 불가능**할 터이다.

"알겠어요오오오오!"

갑작스럽게.

가만히 입을 다물고 있던 요리사 펄이 주먹을 하늘을 향해 곧게 내질렀다.

"상인 씨의 마차에서 이런 게 나왔어요!"

품에서 꺼낸 것은 정보 카드.

거기에 그려진「총」이 입체 영상처럼 공중에 떠올랐다.

【상인 정보(아이템) ①】

호신용 총. 탄창에 탄이 들었지만 어째서인지 한발 분량만이 비어있다.

"그건……?!"

상인(넬)의 얼굴이 굳어졌다.

그 반응으로 자신감이 더욱 붙었는지 요리사가 가슴을 폈다.

"상인 씨는 이 총으로 촌장님을 살해하고 불을 붙여 증거를 은폐하려 한 거예요!"

"잠깐만!"

상인(넬)이 두 손을 내밀었다.

"그 총은 호신용이다. 각지를 떠돌 때 필요한 것으로……."

"호오? 그럼 어째서 총알 하나만 없는 건가요? 어디에 쓰신 거죠?"

"……크, 크윽!"

“미이프에게 확인해보니 정보(아이템)라고 적힌 카드는 실제 소유물을 몰수한 증거라고 해요. 제가 상인 씨의 총을 가지고 있어요!”

상인은 총을 잃어버렸고.

요리사가 총이라는 강력한 무기를 손에 넣었다.

……지금으로선 습득 아이템은 증거로 보유하는 것뿐.

……그렇게 생각하도록 유도한 뒤 갑자기 사용할 수 있게 될지도 모르지.

사냥꾼 이외에도 총을 가진 플레이어가 있다.

늑대 인간인 페이에겐 달갑지 않은 사실이었다.

“확실해졌어요. 범인은 상인 씨…….”

“잠깐!”

날카로운 목소리가 광장에 울렸다.

그렇게 외친 사람은 상인이 아니다. 지금까지 조용히 상황을 지켜보던 사냥꾼(케이오스)이다.

“답을 내기엔 아직 일러, 요리사.”

“어, 어째서요?! 사냥꾼 씨!”

“총. 그건 확실히 촌장을 살해한 무기로 유력하지만 하나의 혐의에 불과해. 상인이 총을 쏜 모습을 본 건가?”

“그, 그건…….”

그렇게 물으면 요리사도 답할 수 없다.

이 사건의 목격자가 때마침 나타날 리가…….

"나는 봤다."

"응?!"

"하지만 본 건 상인이 촌장을 쏘는 모습이 아니야. 내가 본 건 농부다."

"뭐라고요오?!"

깜짝 놀란 요리사가 빠르게 뒤를 돌아보았다.

거기에는…… 농부, 다시 말해 미란다 사무장이 창백해진 얼굴로 서 있었다.

"서, 설마……."

농부의 어깨가 바들바들 떨렸다.

"사냥꾼 군, 그걸 본 거니?!"

"그래."

날카로운 눈빛으로 답한 사냥꾼.

"그건 분명 어젯밤 23시 넘어서. 광장에서 피로 얼룩져 쓰러진 촌장이 있었고 그 자리에 농부가 있었다. 그리고 농부가 손에 묻은 촌장의 피를 핥는 게 아닌가! 이건 분명 살인범의 소행!"

술렁술렁.

사냥꾼 케이오스의 목격 증언에 모두가 농부 미란다와 거리를 벌렸다.

"무서워요~!"

"정말 악독한 짓이군!"

비명을 지르는 요리사와 상인.

"크으……."

그리고 불온한 행동을 목격당한 농부도 신음하며 불안한 눈빛을 보였다.

"내 보고는 끝나지 않았어. ……다시 말해 피에 굶주린 살인범은 농부였다. 촌장을 살해하고 그 피를 핥는 소행. 나는 그걸 수상히 여겨 농부의 집을 탐색했지. 거기서 난 대량의 레드 와인을 발견했다!"

정보 카드를 꺼내는 사냥꾼.

카드에 그려진 대량의 와인 병이 공중에 그림으로 나타났다.

【『농부의 집』 정보 ①】
너무나도 많은 레드 와인. 피처럼 붉지만 피는 아니다.

"자, 잠깐만! 이것 봐, 이건 진짜 레드 와인이야!"

두 팔을 벌려 자신은 무죄라는 듯이 호소하는 농부.

"내 밭에서 기른 포도가 너무 풍작이라 어쩔 수 없이 만든 거야. 딱히 수상한 것 아니야!"

너무 수상하다.

진짜 살인범인 페이조차 「손에 묻은 촌장의 피를 핥았다」는 행위에 닭살이 돋았을 정도다.

"자, 잠시만요."

맑은 목소리가 광장에 울렸다.

자리에 모인 모두의 시선이 목소리가 난 쪽을 향했고, 그곳엔 붉은 두건을 쓴 비서관 알리사가 조심스럽게 손을 들고 있었다.

"저도 보고하겠습니다. ……참고로 사냥꾼님, 방금 상당히 자세하게 설명하셨는데, 정말로 정확하게 말씀하신 것 맞습니까?"

"음? 무슨 뜻이지?"

"사냥꾼님은「그건 분명 23시 넘어서」라고 말씀하셨습니다. 하지만 저는 **24시 이후에 살아계신 촌장님과 대화**했어요. 촌장님의 저택에서요."

"뭐?!"

사냥꾼 케이오스의 눈이 휘둥그레졌다.

그러나 그의 뒤에서 정말로 놀란 사람은 페이 쪽이었다.

……24시가 넘어서 촌장과 대화했다고?

……늑대 인간인 내가 촌장을 살해한 건 23시인데!

촌장을 살해하고 광장을 떠났다.

마침 그때 23시를 알리는 종이 울렸다고 역할 자료에도 적혀 있었다. 그런 점에서 페이와 케이오스는 시간대가 들어맞는다.

【23시】

늑대 인간(페이)이 친구의 목걸이를 지닌 촌장을 습격.

이곳 광장에서 등을 공격해 살해.

【23시 넘어】

사냥꾼(케이오스)의 목격 정보.

피로 얼룩진 촌장이 쓰러져 있었고 농부(미란다)가 손에 묻은 피를 핥고 있었다.

(피로 얼룩졌다면, 불에 탄 시신이 아니라는 뜻?)

【24시 넘어】

꽃장수(알리사)의 증언.

촌장의 저택에서 살아있는 촌장과 대화.

"이상하군."

사냥꾼이 입을 굳게 다물었다.

"이야기가 맞지 않는 것도 그렇지만, 꽃장수, 왜 24시라는 심야에 촌장의 저택에 간 거지?"

"……그, 그건! ……말할 수 없습니다."

꽃장수가 두 팔을 교차해 X자 마크를 만들었다.

그러나 사냥꾼의 지적도 타당하다. 적어도 제빵사와 사냥꾼은 23시 무렵에 촌장이 죽은 것을 확인했다.

꽃장수가 거짓말을 하고 있나?

그러나 페이는 거짓말을 할 이유를 알 수 없었다.

"하나 더. 꽃장수, 그 늦은 밤에 촌장과 만났다면 촌장은 어떤 차림이었지? 피에 얼룩지지 않았나?"

"……."

꽃장수는 잠시 침묵한 뒤.

"……아니요. 제가 촌장님과 대화한 건 저택의 밖이었습니다. 저는 저택으로 갔지만 **촌장님은 밖으로 나오지 않고 문 너머에서** 말씀하셨습니다."

"뭐? 그럼 상대가 정말로 촌장인지 확실하진 않군."

"그, 그건 그렇지만……."

꽃장수가 우물거렸다.

아마도 꽃장수도 직접 촌장의 목소리를 들은 것은 아닐 것이다. 어젯밤의 일이라면 『꽃장수』 역할 자료에 적혀 있었다고 봐야할 것이다.

「당신은 24시, 문 너머로 촌장과 대화했다.」

라는 식으로.

하지만 그렇다면 반대로 신빙성이 크게 오른다. 역할 카드의 정보는 추리할 때의 기본 전제. 틀린 정보일 리가 없다.

……23시 무렵에 촌장이 죽었다고 주장하는 게 제빵사인

나와 사냥꾼(케이오스).

……24시에 촌장이 살아 있었다고 주장하는 것이 꽃장수(알리사).

모순된다.

물론 범인(페이) 시점에선 꽃장수(알리사)가 이상하다는 것이 명백했지만 다른 플레이어는 누구의 말이 맞는지 파악할 수 없을 것이다.

꽃장수(알리사)는 어째서 잘못된 정보를 흘린 걸까?

몇 가지 가능성이 떠오르지만.

……한 가지, 절대로 놓쳐선 안 되는 게 있어.

……이 게임에서 우리가 마지막까지 경계해야만 하는 것.

꽃장수(알리사)가 초수 니벨룽일 가능성.

니벨룽은 마을 입구에서 일행을 기다리고 있었다.

니벨룽이 떠나고 광장에 나타난 것이 케이오스와 알리사 비서관. 마을 입구에서 사라진 신이 이 두 사람 중 하나로 변장했다면?

진실을 찾는 것이 플레이어.

거기에 거짓 정보를 섞어 서로를 의심하게 만드는 것이 신이라고 한다면?

……말하자면 **신이 플레이어 측에 숨어들었다는 거지.**

……만약 그렇다면 알리사 비서관이 제일 적임이야. 우리와 거의 면식이 없으니까.

물론 가능성은 크지 않다.

그러나 마지막까지 염두에 두어야 할 것이다.

"꽃장수, 그 외에 할 말은?"

"있습니다! 제가…… 방금 조사 페이즈에서 이런 걸 발견했어요!"

꽃장수가 꺼낸 것은 정보 카드.

그녀가 조사한 곳은 빵집.

【『빵집』 정보 ①】

요리사에게서 구매한 대량의 냉장육이 놓여있다. 빵에 사용한 흔적은 없다.

큰일이다.

페이는 등줄기에서 식은땀이 흐르는 것이 느껴졌다.

거짓말 축에도 속하지 않는「약간의 속임」이 이렇게 모순점이 되어 돌아올 줄이야.

"이건 이상한 것 같습니다……!"

예상대로 발견자인 꽃장수가 목소리를 높였다.

"제빵사는 요리사의 레스토랑에서 스테이크 정식을 먹은 이유가 스테이크 빵을 고안 중이기 때문이라고 설명했습니다. 하지만 집에 보존된 대량의 고기는 전혀 빵에 사용된 흔적이 없었어요. 대체 무엇에 사용했던 걸까요?"

"호오?"

열세에 몰렸던 농부(미란다)가 기다렸다는 듯이 눈을 번뜩였다.

"그러니까 제빵사 군의 증언은 거짓이었단 말이네. 스테이크 정식을 만들어준 요리사 군은 그 사실을 알고 있었니?"

"모, 몰랐어요……!"

요리사(펄)가 마른침을 삼켰다.

떨리는 손끝을 내밀고서.

"이건 수상해요! 제 감이 이야기하고 있어요! 제빵사 씨야말로 범인이라고!"

감으로 말하지 말아줘.

거기다 정말로 정답이니 더 좋지 않다.

……내가 지나치게 의심하는 건가?

……꽃장수 알리사가 내 집을 조사하다 우연히 내 정체를 시사하는 정보를 발견한 일을.

그 정체가 니벨룽이라면 이해가 된다.

아까의 모순된 발언, 그리고 범인을 특정할 수 있는 조사를 빠르게 마쳤다. 물론 다른 플레이어는 그것을 알 방법이 없지만.

"으으음? 범인이 상당히 좁혀졌네요!"

요리사가 미간을 찌푸리며.

“수상한 건 촌장의 피를 핥던 농부 씨를 필두로 거짓 증언을 한 제빵사 씨. 그리고…….”

“자기는 결백하다는 듯이 말하네, 요리사 군.”

그때, 농부의 눈이 번뜩였다.

“자기가 안전권이라고 생각해 안심하는 모양인데, 이걸 보고도 그렇게 말할 수 있을까?”

하늘을 향해 든 조사 카드.

그렇다, 농부가 조사한 곳이 바로 요리사의 식당이다.

【『식당』 정보 ①】

어째서인지 현관에 엽총이 놓여있다.

잘 손질되어 있어서 이거라면 커다란 짐승도 사냥할 수 있을 것 같다.

“대형 총이야. 이거라면 촌장도 쏠 수 있었겠지. 안 그래? 요리사 군.”

“이, 이건?!”

요리사 펄이 비명을 지르며 몸을 젖혔다.

입을 빼끔거리며 불안한 듯 시선을 이리저리 굴렸다.

“그, 그야 연약한 요리사니까요. 안전을 위해 총 정도는 마련해둬야죠.”

“……흐음.”

"……요리사가 총이라."

"다들 왜 그래요? 그 의심스러운 눈초리는?!"

그 결과.

요리사도 보기 좋게 용의자에 포함.

그러나 요리사도 가만히 있지 않았다. 자신이 손에 넣은 정보 카드(상인의 총)를 봐달라는 듯이 가리키며.

"그, 그리고 총은 저만 가진 게 아니에요. 보시다시피 상인 씨도 갖고 있고, 사냥꾼 씨! 당신이 왼쪽 어깨에 멘 것도 있잖아요!"

"음?"

케이오스
사냥꾼은 지금 모습이 됐을 때부터 총 가방을 메고 있다.

총을 지녔다는 사실을 숨길 수 없을 것이다.

"그 가방에 든 건!"

"골프채다."

"말도 안 돼요오! 사냥꾼이니 당연히 총을 가지고 있을 거잖아요!"

"……노코멘트."

시치미를 뗀 사냥꾼.

그러나 방금 대화를 보아 사냥꾼의 가방에 든 것은 총이 확실할 것이다.

"뭐야, 다들 수상하잖아."

혼자서 자신은 상관없다는 듯이 여유 부리는 부촌장 레셰.

"큰일이네. 나를 제외한 전원이 용의자라니. 이 마을에 소속된 사람이라면 자기 힘으로 결백을 증명해 줬으면—."

"잠깐!"

상인(넬)이 외쳤다.

"『나를 제외한 전원이 용의자』가 아니다. 다들 이걸 봐다오."

높이 들어 올린 조사 카드.

거기엔 본 적 없는 거대한 둔기가 그려져 있었다.

【『부촌장의 집』 정보 ①】

거대한 강철 곤봉이 밧줄로 고정되어 있다.

인간이라면 둘이서 간신히 들 수 있을 정도. 이것에 맞으면 틀림없이 사망할 것이다.

어?

뭐야, 이 둔기는? 어디에 쓰는 거지?

모두가 그렇게 생각했는지 일제히 의심의 눈초리로 돌아보았다.

"따, 딱히 수상한 게 아닌데?!"

이번엔 부촌장(레셰)이 당황할 차례였다.

"나는 힘이 좋거든. 아까 말했잖아!"

"문장의 후반은 어떻게 설명할 건가? 부촌장 공!"

상인의 추궁은 멈추지 않는다.

"우리는 착각했다. 총을 흉기로 여기고 있지만 그 고정관념도 의심했어야 했다."

"윽?!"

먹혀들었다.

상인의 지적에 부촌장이 크게 당황했다.

……**어째서 부촌장이 동요**하는 거지?

……촌장을 살해한 건 늑대 인간인 내 발톱이야. 상인의 지적은 확실히 예리하지만.

모두가 어색한 듯이 침묵했다.

그 이유는 조사 페이즈의 결과 수수께끼가 풀리기는커녕 더 깊어지기만 했기 때문이다.

【조사 페이즈에서 판명된 사실】

부촌장(레셰) — 인간도 때려죽일 수 있는 강철 곤봉.
(발견자, 상인(넬))

상인(넬) — 한 발 사용된 흔적이 있는 총. (발견자, 요리사(펄))

요리사(펄) — 잘 손질된 엽총. (발견자, 농부(미란다))

농부(미란다) — 촌장의 피를 핥고 있었음. (발견자, 사냥꾼(케이오스))

사냥꾼(케이오스) — 사냥꾼이라면 총을 소지하고 있을 것임. (추측)

꽃장수(알리사) — 어째서인지 심야 24시에 촌장과 밀회.
이유는 말하지 않음. (자기 신고)

제빵사(페이) — 용도를 알 수 없는 대량의 고기. (발견자, 꽃장수(알리사))

전원 수상하다.

물론 진범은 제빵사이자 늑대 인간(페이)인 자신이지만, 남은 여섯 명에게도 비밀이 있는 듯하다.

"조용히 지켜보다니. 너답지 않군, 페이."

사냥꾼이 갑자기 시선을 보냈다.

"모두가 의심스럽지만 여기서 멈추면 살인 사건의 추리를 할 수 없어. 그러니 너의 지금 추리를 듣고 싶은데."

"제가 말해도 돼요?"

"말하는 사람이 아무도 없으면 진행이 안 되잖아. 그리고 내가 널 지명한 건 지금 시점에서 네가 범인일 가능성이 **낮다**고 생각했기 때문이야."

"……."

정말, 이 사람은.

인신결전(라그나리그) 때도 그랬지만 생각이 표정에 드러나지 않는다. 무슨 생각을 하는지 알기 어려운 것도 정도가 있다.

……내가 범인이 아닐 것 같아 지명했다고?

……그 반대일 가능성이 더 클 것 같은데.

아무래도 사냥꾼이다.

제빵사의 정체가 늑대 인간이라고 이미 의심하고 있어도 이상하지 않다. 이 흐름도 발언에 문제가 있는지를 확인하려는 것이 아닐까?

하지만.

이 교착 상태에서 게임을 진행해야 한다는 것은 페이도 동의하는 바였다.

"그럼 제 생각을 말할게요. 우선 큰 목표로서 살인 사건의 수수께끼를 풀고 싶어요. 그러기 위한 전제로 지금 문제가 되는 수수께끼가 세 가지 있죠."

손가락 세 개를 들고서.

① 촌장의 시체는 어째서인지 정면과 등에 상처가 있었다.

(범인(페이)의 시점에선 등의 상처는 자신이 한 짓이라는 것을 알고 있지만 정면의 상처는 알 수 없다.)

② 촌장의 시체는 어째서 불에 탔는가.

(범인 시점에선 살해 후에 누군가가 불태웠다는 것을 알 수 있다. 과연 누가 태웠을까?)

③ 24시에 촌장과 대화했다는 꽃장수(알리사)의 증언. 다만, 촌장의 모습은 보지 못했다고 한다.

(범인 시점에선 촌장을 살해한 시각은 23시 정각. 24시는 불가능함)

"저는 이 세 가지를 먼저 조사하고 싶네요."

거짓 없는 의견이다.

범인인 페이에게 가장 큰 수수께끼라 할 수 있으며 탐정 측 플레이어도 분명 범인을 찾을 때 무시할 수 없는 수수께끼일 것이다.

……그렇기에 이 세 가지 수수께끼는 범인과 탐정을 구분하지 않고 정보를 공유해야 해.

……물론 **동료를** 찾을 수 있으면 더 좋겠지.

이 사건은 아마 「범인 측」과 「탐정 측」과 「중립」이 존재한다.

페이가 볼 때.

첫 「범인 측」 후보가 부촌장(레셰)이다.

……근거는 아까 상인(넬)이 「살해 도구는 총 이외일 가능성도 있다」고 말했을 때의 반응.

……나보다 더 크게 동요했으니까.

살인 도구가 총이 아니라는(늑대 인간의 발톱) 것을 들킬 가능성이 나오자 동요했다.

그렇다면 부촌장은 범인의 협력자가 아닐까?

……하지만 레셰니까.

……케이오스 선배와 마찬가지로 그렇게 보이게 연기할 뿐, 실제론 탐정 측일 수도 있겠지.

그럼 탐정 측 플레이어는?

이건 꽃장수(알리사)가 가장 유력하다.

범인 측이라면 빵집을 조사해 「대량의 고기」 정보를 공개할 리가 없다.

하지만.

꽃장수가 탐정 측(진실을 좇는 쪽)이라면 24시에 꽃장수가 촌장과 대화했다는 증언이 진실성을 띠게 된다.

"그렇군."

팔짱을 끼고 침묵하던 사냥꾼이 움직였다.

무언가를 이해한 듯이 고개를 크게 끄덕였다.

"제빵사⋯⋯ 아니, 페이라면 알아챘겠지. 내가 널 지명해 물어본 이유는 네가 범인일 가능성을 의심했기 때문이다. 네가 허점을 드러내지 않을까 해서 말이야."

그렇겠지.

실제로 페이도 조마조마했다.

"하지만 이야기를 들어보니 사건의 수수께끼를 해결하고 싶다는 자세가 보이더군. 그러니 나도 네가 말한 ①②③의 수수께끼에 관해 생각해보지. 내가 특히 주시하는 건 ③이다. 나와 꽃장수의 증언이 어긋나는 게 이상해."

"⋯⋯촌장이 언제 죽었는지, 말이죠?"

"그래. 내가 본 『피로 얼룩진 촌장』은 죽었는지 확실하지 않아. 하지만 촌장이 그만한 중상을 입고서 혼자 저택으로 돌아가 꽃장수와 태연하게 대화했다는 것도 이상해. 어째서 저택으로 돌아갔는지도 논리적이지 않아."

그렇다.

꽃장수의 증언을 믿는다면 촌장의 행동은 더욱 알 수 없어진다.

23시 : 촌장은 광장에서 늑대 인간 페이에게 공격받음.

(살해당했을 것?)

↓

24시 : 촌장은 저택의 문 너머로 꽃장수와 대화함.

(설령 살아있었다 해도 중상이었기에 꽃장수와 대화할 기력이 없을 것.)

↓

아침 : 촌장의 불에 탄 시신이 광장에서 발견.

(저택으로 도망친 거라면 어째서 다시 광장으로 돌아왔을까? 혹은 누군가가 시신을 옮겼을까?)

꽃장수의 증언을 「진실」로 받아들인다면 촌장의 행동을 도저히 이해할 수 없다.

페이도 쉽게 믿기 어려웠다.

적어도 시신이 불에 탄 이유를 알 수만 있다면…….

"저도 케이오스 선배에게 묻고 싶은데, 촌장을 살해한 범인과 그 시신을 불태운 범인이 동일 인물이라고 생각해요?"

"……."

잠시 생각한 뒤.

많은 시선을 받으며 사냥꾼(케이오스)이 천천히 고개를 저었다.

"단정하기엔 너무 일러. 내 감을 묻는 거라면 『다르다』고 말해두지."

"그 이유는?"

"네가 아까 말한 이유와 마찬가지야. 촌장을 살해한 범인이 시신을 불태운 사람이라면 이야기가 너무 단순해. 신은 그렇게 호락호락하지 않아."

사냥꾼(케이오스)의 추측은 핵심을 찌르고 있다.

범인(페이)이 볼 때도 시신을 불태운 사람이 있는 것은 확실하다.

……생각할 수 있는 건.

……시신을 태운 건 부촌장(레셰)?

부촌장이 범인 측의 「공범자」라면 앞뒤가 맞는다.

그 이유는 광장에 불을 붙이기 위한 장작이 산더미처럼 쌓여있는데, 그 장작을 가져온 것이 부촌장이기 때문이다.

……그렇다면 동기는 뭐지?

……그리고 부촌장의 집에 있던 곤봉은 어디에 사용한 걸까?

시신의 가슴에 상처가 있던 의문점도 남아있다.

묻고 싶다. 지금 여기서 물어볼까? 아니면 밀담을 할 수 있는 기회를 노릴까?

페이가 고민한 순간.

"나도 농부한테 묻고 싶은 게 있는데."
그 부촌장이 손을 들었다.
"사냥꾼이 말했잖아, 농부가 촌장의 피를 핥았다고. 정말 그런 거 맞아?"
"윽?!"
농부가 당황했다.
지금껏 한마디도 하지 않고서 존재감을 드러내지 않은 것은 그 지적을 피하기 위해서였음이 분명하다.
"……노코멘트."
"살인범인지를 묻는 게 아니야. 그때 **촌장이 정말로 죽어 있었는지**가 궁금하거든."
"……그건 다른 기회에."
고개를 돌리고 마는 농부.
차라리 정색하고 말을 돌리는 쪽을 선택한 듯하다.
"그럼 질문을 바꿀게. 음……."
화르륵!
바로 그때 부촌장의 뒤로 장작불이 꺼졌다.
"아?!"
『네! 보고 페이즈는 여기까지입니다.』
『이것 참, 다들 뜨겁게 논의하셨지만 여기서 질의응답을 마칩니다.』
"……1분만 더 있었으면 했는데."

아쉽다며 분해하는 부촌장.

참고로 그 뒤로 농부가 안도하며 가슴을 쓸어내리고 있다.

『여러분, 하늘을 봐주세요.』

미이프의 말을 따라 하늘을 올려다보았다.

어두운 하늘.

보고 페이즈 중에 조금씩 변했는지, 어느새 하늘이 기분 나쁠 정도로 시커먼 어둠에 뒤덮여 있었다.

별도 달빛도 감추는 흐린 하늘.

『밤 페이즈가 시작됩니다.』

『여러분, 집으로 돌아가 주세요.』

사건 1일 차 『밤』 개인 시간

굴뚝 달린 통나무집으로.

페이가 빵집의 문을 연 순간 머리 위에서 미이프의 목소리가 울렸다.

『자, 즐거운 시간이 찾아왔습니다!』

『늑대 인간인 당신에겐 밤이야말로 실력을 발휘할 때. 지금에야말로 마을 사람이 아닌 밤의 모습으로 돌아가 마을을 배회할 때입니다!』

"돌아간다니?"

제빵사는 인간으로 변한 늑대 인간이다.

진짜 모습으로 돌아간다는 말은 혹시 늑대가 된다는 뜻일까?

『변신!』

“어? 아니, 잠깐! 아직 마음의 준비가……!”

온몸이 빛에 휩싸였다.

입고 있던 옷과 커다란 벙어리장갑이 점차 회색 털로 변하기 시작.

빛이 사라졌을 때, 페이는 늑대 옷을 입고 있었다.

『정말 잘 어울리세요.』

“인형 옷…… 그나마 사족보행을 하지 않아 다행이네.”

거울 앞에서 한 바퀴 돌아보았다.

머리에서 발 끝까지를 감싼 회색 인형 옷에 늑대의 꼬리와 귀가 달려 있었다.

귀와 꼬리가 멋대로 움직이는 게 정말 귀여웠다.

“……이제 능력을 쓸 수 있게 된다는 거지?”

『정답! 능력 카드를 꺼내보세요.』

카드에 빛의 문자가 떠올랐다.

거기에 능력 발동의 선택지가 추가된 것이 아닌가.

능력 1『피의 추적』: 밤 동안 피 냄새가 부착된 플레이어를 찾아낸다.

발동하시겠습니까?

▶네　　▶아니요

"……잠깐 기다려줘. 물론 사용할 생각이긴 한데."

카드를 들고 눈을 가늘게 떴다.

떠올려라. 보고 페이즈의 정보를.

① 촌장의 시신에는 가슴에도 커다란 상처가 있었다.

(부촌장(레셰)의 증언, 진위 불명)

② 농부(미란다)가 손에 묻은 촌장의 피를 핥고 있었다.

(사냥꾼(케이오스)의 증언, 진위 불명)

피 냄새가 묻은 인물은 있다.

또한 ①, ②가 정확한 보고라고는 할 수 없지만 **허위라 해도 상관없다.**

……①, ②의 증언이 진실이라면 내가 피 냄새를 추적할 수 있어.

……①, ②의 증언이 거짓이라면 내가 피 냄새를 추적할 수 없어.

다시 말해 진위를 판정할 수 있다.

누구도 확인할 수 없는 ①과 ②의 증언을 늑대 인간인 페이만이 확인할 수 있다.

"나는『피의 추적』을 발동한다!"

그 순간.

페이의 눈앞에 어스름한 붉은 안개와 같은 것이 떠올랐다.

비유하자면 운명의 붉은 실을 가늘게 만든 듯한 실이 허공을 떠돌며 현관을 빠져나가 바깥까지 뻗었다.

"이게 피 냄새인가?"

『네. 이 붉은 실이 피 냄새가 어디서 나는지를 알려줍니다. 자, 추적을 시작하세요!』

빵집에서 나와 밖으로.

심야인데도 낮처럼 밝게 느껴지는 건 야행성인 늑대 인간이기 때문이리라. 인간을 아득히 상회하는 다릿심으로 붉은 실이 그리는 길을 따라 질주했다.

"여기인가?!"

도착한 곳은 밭에 둘러싸인 농부(미란다)의 집이었다.

피 냄새는 이곳으로 이어져 있었다. 농부(미란다)가 손에 묻은 촌장의 피를 핥고 있었다는 사냥꾼(케이오스)의 정보는 틀리지 않은 듯했다.

……왜 그런 거지?

……피라고 하니, 대량의 레드 와인도 갖고 있었지.

살며시 농부의 집 창문에 다가갔다.

창문은 닫혀 있지만 커튼 사이로 밝은 빛이 밖으로 새어 나오고 있었다. 그 틈으로 들여다보니.

"없어?"

농부의 모습이 없었다.

거실 전등이 켜져 있고 본인이 없는 이유가 무엇일까.

"밖으로 나갔나? 그럼 어디로……."

돌아보았다.

그와 동시에 페이는 말하는 도중 입을 다물었다.

붉은 실. 농부의 집에만 집중하느라 몰랐는데 집 너머까지 피 냄새가 이어져 있었다.

그것도 네 가닥이.

"미이프, 이 네 가닥도 추적할 수 있어?"

『밤이라면 무엇을 해도 상관없어요. 다만, 조심하세요. 밤에 당신만 밖으로 나갔다고는 할 수 없으니까요.』

"음, 그래."

늑대 인간의 모습을 들키면 끝이다.

숨을 죽이고 발소리를 죽여 붉은 궤적을 모조리 추적.

그리고 발견했다.

농부　: 피 냄새가 상당히 강하다.
(촌장의 피를 핥았기 때문?)
요리사 : 피 냄새가 강하게 느껴진다.　(이유 불명.)
상인　: 피 냄새가 미세하게 느껴진다.
(사용한 흔적이있는 총을 소지하고 있었음.)
부촌장 : 피 냄새가 미세하게 느껴진다.
(유체를 확인할 때 묻었다?)

이상한 것은 요리사(펄)와 상인(넬)이다.

피 냄새가 묻어있지만 아직 그 이유가 밝혀지지 않았다. 다시 말해 의도적으로 숨기고 있다.

……상인의 피 냄새는 원거리에서 촌장을 쐈기 때문이 아닐까?

……내가 촌장을 공격하기 전에.

하지만 요리사는 모르겠다.

상인보다도 피 냄새가 강하게 묻은 건 대체 무엇을 했기 때문일까?

『아침이 밝아옵니다. 할 일이 남았다면 서두르세요.』

"읏! 위험해……!"

밤길을 질주.

피 냄새는 앞으로 하나. 광장에서 뻗어 나온 붉은 안개가 언덕길을 올라간 곳으로 이어져 있었다.

그것도 상당히 강하게.

"……! 촌장의 저택인가?!"

그 자리에 멈춘 페이는 눈을 의심했다.

촌장은 광장에서 죽어 있었다.

그 **촌장의 피 냄새가 광장과 저택을 왕복하듯 이어져 있었다.**

……누군가가 촌장의 시신을 저택으로 한 번 옮긴 뒤 다시 광장에 되돌린 건가?

……그런 의미 없는 행동을 할 필요가 있나?

혹은 반대다.

광장에 오기 전(늑대[페이] 인간이 공격하기 전)부터 촌장은 저택에서 이미 어떤 상처를 입었다.

예를 들어 상인이 쏜 총에 맞았거나 요리사와 무슨 일이 있었다고 가정하자.

그렇게 다친 후 광장에 왔다면 이렇게 피 냄새가 남을 것이다.

"……어쨌든 이 저택 안에서 무슨 일이 일어났었어."

현관문에 손을 가져갔다.

이건 도박이다. 혹시, 혹시 저택에 자신 이외의 플레이어가 있다면 이 늑대 인간의 모습을 들키게 될 테지만…….

"들어가도 되는 거지?"

『밤에는 무엇을 하든 자유입니다.』

"그럼 사양하지 않고!"

현관문을 열었다.

페이의 불안을 놀리기라도 하듯 저택 안에선 누구의 기척도 느껴지지 않았다.

"딱히 달라진 건…… 없지?"

낮과 마찬가지로 거실에 전등이 켜져 있었다.

서두르자.

두근두근, 가슴이 빠르게 뛰는 것을 느끼며 서재의 문을 열었다.

……아내로 보이는 그림.

……낮에는 여기까지만 조사할 수 있었지.

서재의 책상.

거기에 붉은 피의 궤적이 넓게 고여 있었다. 피를 흘리던 촌장이 있었던 증거다.

"……이 피는 언제 흘린 거지?"

늑대(페이) 인간이 촌장을 살해한 것이 23시.

이 피의 흔적이 그보다 전인지 후인지.

……생각해보자.

……**어떤 순서**라면 이걸 모순되지 않게 설명할 수 있지?

23시에 촌장이 죽었다.

24시에 이 저택에서 촌장과 꽃장수가 대화했다. (촌장의 모습은 보지 못함.)

"그럼 누군가가 촌장으로 변장한 건가? ……아니, 근거가 없어. 침착하자. 상황 증거를 연결하고 싶다고 억지로 스토리를 만드는 건 위험해……."

곧 밤 시간이 끝난다.

물러나자.

그렇게 생각하고 등을 돌리려던 페이의 눈에 붉은 궤적이 보였다.

"……!"

엷고 옅은 붉은 궤적.

그것이 공중으로 떠올라 책장으로 뻗어 있었다.

곧 아침이 된다. 책장으로 달려간 페이는 빠르게 **일기**를 빼냈다.

【『촌장』 정보 ② (이건 정보 카드로 남지 않음)】

촌장의 일기.

마침 살인 사건이 일어난 날의 일이 적혀있다.

나는 하룻밤조차 만족스럽게 잘 수 없게 됐다.

이제 아내의 꿈을 꿀 수도 없다.

이런 몸이 된 이후, 몸이 퍼석퍼석하게 메말랐다. 피가 흐르는 게 신기할 정도다. 이제는 나도—

마지막 한 줄을 읽으려던 순간.

『네~ 밤 시간이 끝났습니다!』

페이가 든 일기가 닫히더니 빨려 들어가듯 책장에 수납.

"큭?!"

마지막까지 읽지 못했다.

2초만 더 있었더라면 전부 읽었을 것이다. 마지막 한 줄인 「이제는 나도」의 다음에는 대체 뭐라고 적혀 있었을까.

"정보 카드가 되지 않는 정보. 그렇다면 내 입으로만 전할 수 있다는 건가……."

카드가 되는 정보와 되지 않는 정보가 있다.

그 차이는 여러모로 의문시했었지만 바로 지금 그것을 통감했다. 카드가 되지 않는 정보는 그것을 다른 플레이어에게 믿어달라고 하기가 지극히 어렵다.

"……누구에게 어떻게 설명할지 생각해둬야겠지."

밤 시간이 끝났다.

하늘은 여전히 먹으로 칠한 듯이 어두웠고 지평선 쪽을 보니 해가 뜨기까지는 아직 시간이 있는 듯했다.

"음, 밤 시간이 끝났으니 집으로…… 음?!"

지면이 흔들린다.

쿵! 하고 맹렬한 땅울림 소리가 울리며 저택은 물론 마을 전체가 흔들리는 듯한 진동에 페이는 가까스로 몸을 돌렸다.

"뭐지?! 미이프, 지금 이건……?!"

대답이 없다.

이것도 게임 장치인가? 그러나 마을 전체를 흔드는 울림이 살인 사건과 대체 어떤 관계가 있단 말인가.

『오래 기다리셨습니다!』

창문 쪽에서 들리는 미이프의 목소리.

『밤 시간이 끝나고 아침이 찾아왔습니다. 지금부터 2일차 이벤트로 이행합니다.』

"크! 방금 땅울림은……."

대답이 돌아오지 않는다.
『여러분, 광장으로 모여주세요.』
"……."
서재 창문으로 다가가 살며시 커튼을 열었다.
커튼 사이로 드는 빛.
햇빛 때문에 가늘게 뜬 페이의 눈에 햇살을 받아 반짝이는 마을 광경이 들어왔다.

사건 2일 차 『아침』, 제2 조사 페이즈

아침이 밝아온다.
지평선에서 떠오른 태양을 배경으로 일곱 플레이어가 광장에 모였다.
『좋은 아침입니다.』
『오늘도 활기차게 촌장이 살해된 진실을 파헤치죠!』
미이프를 올려다보는 일곱 명.
안절부절못하며 주위를 둘러보는 사람, 기대에 차 팔짱을 낀 사람, 의심의 눈초리를 한 사람.
페이는 늑대 인간의 능력으로 몇 가지 단서를 얻었는데 다른 여섯 명도 밤사이에 어떠한 발견을 한 것이 분명했다.
『새로운 하루는 아침 인사부터 시작됩니다.』
『이번 아침 집회는 조사 페이즈의 이전에 해당하는 「인사」 시간입니다. 여러분, 어젯밤에 알게 된 정보를 자유롭게 논의해 주세요.』

아침 인사 시간.

조사 페이즈 전에 교류라는 명목의 보고 시간이 주어졌다.

"……."

그럼 어떻게 정보를 공유해야 할까.

태양을 등진 페이는 다시 어젯밤 행동을 떠올렸다.

……나는 상당히 유력한 정보를 얻었어.

……하지만 그건 범인 시점이었던 동시에 『피의 추적』이라는 특수한 능력이 있었기 때문이었지.

정보는 공유하고 싶다.

그러나 피 냄새를 따라갔다고 말할 수는 없다.

이 게임의 승리 조건은 「모든 플레이어가 미션을 적어도 한 가지 달성하는 것」. 그리고 페이의 미션은 늑대 인간(범인)이라는 사실을 끝까지 숨기는 것이 대부분이다.

……내 정체를 들켜선 안 돼.

……하지만 게임에 진전이 있도록 정보를 제공해야만 해.

페이
범인의 첫 난관.

"그럼 누구부터 이야기할 거야?"

그렇게 말한 건 레셰다.

광장에 모이자마자 누가 봐도 알 수 있을 정도로 들뜬 표정을 한 사람이 바로 이 부촌장이다.

“내 보고는 짧으니 보고가 길어질 것 같은 사람 먼저 부탁해.”

아무도 손을 들지 않는다.

그 흐름을 확인하면서 페이는 조용히 손을 들었다.

“선언할게. **내게는 제빵사가 아닌 역할이 있어.**”

멈칫.

아침의 조용했던 분위기가 단번에 긴장감이 감돌았다.

“제법 흥미롭네. 어제가 아니라 오늘이 되어서야 역할을 알려주는 건가.”

총을 든 사냥꾼(케이오스)의 시험하는 듯한 시선.

“그럼 제빵사, 네 새로운 역할을 알려주실까?”

“탐정 흉내죠. 그 역할 덕분에 나는 **과학적으로** 피 흔적을 추적할 수 있었어요.”

물론 거짓말……이지만.

의심받기 전에 더 관심을 끌 만한 사실을 꺼냈다.

“내 조사로 촌장의 피 반응이 강하게 나온 사람은 요리사, 상인, 농부야. 부촌장에게도 약한 반응이 나왔지만 이쪽은 범행일 가능성은 희박할 것 같아.”

“제가요?!”

“나 말인가?!”

“큭?!”

지명된 세 사람이 빠르게 돌아보았다.

그 세 사람에게.

"다만 나는 범인이라고 말하는 건 아니야. 촌장이 살해당한 날 밤에 어떤 행동을 했는지, 그것만 말해주면 충분해."

"과연……."

안경을 추켜올리는 미란다 사무장.

각오를 다진 표정으로.

"사냥꾼 군의 목격담도 있었으니까. 날 의심하는 건 어쩔 수 없지. 솔직하게 말할게. 우선 내가 촌장의 피를 핥았다는 이야기 말인데, **기억이 안 나.**"

"네?!"

"그, 그건 아무리 그래도……."

"자, 자, 얘기 좀 들어 봐."

요리사(펄)와 꽃장수(알리사)가 항의하려 했지만, 농부는 그런 두 사람을 보고도 침착함을 잃지 않았다.

"나도 모든 행동을 부정하는 건 아니야. 어젯밤, 어떤 사정이 있어서 내가 광장에 간 건 사실이지. 하지만 그 도중에 의식을 잃고 말았어. 의식이 돌아온 건 사냥꾼 군에게 목격됐을 때였고."

"그럼 농부, 촌장의 살인에 관해서는?"

여기서 사냥꾼(케이오스)이 앞으로 나섰다.

"고의인지 고의가 아닌지는 넘어가지. 광장에서 의식을 잃었다면 무의식중에 촌장을 살해했어도 이상하지 않은 것 아닌가?"

"맞아. 내가 용의자인 건 어쩔 수 없어. 하지만 범인 후보는 나말고도 몇 명 더 있잖아?"

농부의 대답은 일리가 있다.

지금은 아직 모두가 용의자다.

"그리고 나도 정보를 제공할게. 나는 내 혐의를 풀기 위해 지난밤 광장을 조사했어!"

농부가 광장에 있는 한 곳을 가리켰다.

일행의 뒤.

캠프파이어에 사용된 대량의 장작이 지금도 산더미처럼 쌓여 있었다.

"이걸 봐. 이 장작더미에 감춰진 진실을!"

농부가 손에 든 정보 카드가 빛났다.

【광장 정보 ②】

장작더미에는 한 번 무너진 흔적이 있다. 그 증거로 촌장의 핏자국을 장작더미에서도 찾아볼 수 있다.

무너진 장작더미는 평소와 다른 밧줄로 고정되어 있다.

"이 밧줄이라는 단어, 어디서 본 적 있지 않니?"

"앗?!"

꽃장수가 소리쳤다.

"부촌장님 댁에서 발견된 곤봉에 밧줄이 감겨 있었습니다!"

"맞아."

만족스러운 듯이 끄덕이는 농부.

안경 렌즈를 통해 부촌장(레셰)을 똑바로 바라보며.

"혈흔이 있는 장작. 그리고 장작더미는 한 번 무너진 뒤 밧줄로 다시 고정됐어. 마치 누군가가 촌장을 이 장작으로 살해한 것 같지 않니? 그리고 우리 마을에 이 장작을 가볍게 휘두를 수 있는 건 너밖에 없어, 부촌장!"

"큭?!"

기대에 찬 웃는 얼굴이었던 부촌장 레셰의 표정에 점차 당황이 드러나기 시작했다.

모두의 시선을 받으며 한동안 침묵하고서는.

"……모르는 일이야."

『거짓말!』

여섯 명의 항의가 쇄도.

"잠깐! 나는 장작더미가 무너져 있어서 위험할 것 같아 고쳤을 뿐이야. 어젯밤에도 의무를 다했지. 나는 부촌장으로서 마을 사람에게 명령할 수 있어!"

명령? 그게 무슨 의미일까.

"다들 뭔가 숨기고 있지? 그건 바로 밤이 되면 저마다 특수한 『능력』을 사용할 수 있다는 것!"

설마?!

광장 분위기가 술렁였다. 다들 「그럴 수가……!」, 「너도?!」라고 놀람과 동요의 눈빛으로 서로의 얼굴을 응시하기 시작했다.

페이도 예외가 아니었다.

애초에 그 가능성을 예상했었다. 특히 사냥꾼은 「있을」 거라고 각오했었다.

……설마 **전원이 능력을 보유**했다니.

……늑대 인간의 강력한 능력을 생각해보면 사용하기에 따라선 단번에 상황이 움직일 거야!

그것이 밤의 자유 시간.

그 밤시간이야말로 조사 페이즈와 보고 페이즈 이상으로 수면 아래에서 게임이 가장 많이 진행되는 페이즈였다.

"부촌장인 나는 마을 사람 한 명의 밤 능력을 방해하는 명령을 내릴 수 있어!"

그야말로 역할에 어울리는 능력이다.

간단하면서도 강력한 것은 확실하다.

……범인의 능력 사용을 방해할 수 있다면 범인 측은 상당히 힘들어져.

……하지만 나는 밤의 능력을 쓸 수 있었지. 부촌장이 날 의심하는 건 아닌 모양이야.

그럼 누구의 능력을 방해했을까.

표현을 바꾸자면, 부촌장은 누구를 의심하는가.

"그래서 그냥 요리사의 능력을 방해했지."

"어째서요오오오오?!"

요리사로 분장한 펄의 최고로 슬픈 비명이 메아리쳤다.

"어쩐지 이상하다 했어요! 밤이 되고 자유 시간인데 갑자기 대문이 닫히더니 미이프도 『침대에서 주무세요』라고 말하지 뭐예요! 그렇게 정신이 들고 보니 아침이 됐다고요!"

"통한 모양이네."

"깜짝 놀랐다고요…… 하아……."

요리사가 깊은 한숨을 내쉬었다.

"뭐, 됐어요. 어차피 능력은 쓸 수 없었을 테니까요."

"어머? 그럼……."

"그렇다면 나도 능력을 선보이지!"

뒤에서 상인 넬의 목소리가 울렸다.

"부촌장 공의 말대로다. 상인인 나도 능력을 지니고 있지. 마을 사람 하나를 고르고 아이템 하나를 지정한다. 그 마을 사람이 해당 아이템을 지니고 있으면 그것을 빼앗을 수 있지! 그리고 어젯밤에는 이거다!"

상인의 손에 들린 아이템 카드.

그러나 새로운 카드가 아니라 어째서인지 본 적 있는 그림이었다.

【『상인의 마차』 정보(아이템) ①】

호신용 총. 탄창에 탄이 들어 있지만 어째서인지 한 발 비어있다.

"나는 요리사에게 빼앗긴 총을 되찾았다!"

"왜애애애 또 저만?!"

요리사의 절규.

그러나 얌전히 당하지만은 않는 모양이다.

"……후, 후후후. 무덤을 팠군요, 상인 씨!"

"뭐?"

"그 능력이 상인의 것일 리가 없어요. 그 수법은 분명 도둑! 당신의 **진짜 정체**는 상인이 아닌 도둑이에요. 그렇죠?!"

"~~~?!"

상인의 어깨가 움찔 경련.

마치 메고 있던 가방을 가리려는 듯 몸을 틀고서.

"무, 무슨 말이지?! 내 가방에 든 건 전부 내 상품이다!"

"그럼 어째서 그런 능력을 지니셨나요?"

펄
요리사가 한 걸음, 다시 한 걸음 다가갔다.

아이템을 빼앗긴 분노인가. 아니면 지금이야말로 밀어붙일 때라고 판단한 건가. 눈을 반짝이며.

"물건을 파는 상인이 물건을 빼앗는 능력을 지닌 건 분명한 모순이에요!"
"크, 크윽?!"
서서히 다가가는 요리사.
반면 상인 넬은 그 압력에 떠밀리듯 뒤로 물러났다.
"자, 잠깐, 요리사! 나는, 나는 분명 상인이다! 다만 조금 특수한 사정으로……."
"특수? 뭐가 특수한데요?"
"어쨌든 나는 상인이다! 불만 있으면 총으로 쏜다!"
"역시 범인이잖아요오오?!"
결국 상인이 정색하기 시작.
지금 시점에서 수상한 순위를 매기자면 농부와 상인이 확실하게 1, 2위를 다툴 것이다.
……하지만 자연스럽지 않기도 해.
……상인도 들키면 바로 범인으로 의심받을 능력을 왜 일부러 밝힌 거지?
상인은 공개해도 괜찮다고 판단했다.
그러나 요리사가 생각보다 날카로웠다. 무기를 빼앗긴 본인이기에 당연한 건지도 모르지만.
"사냥꾼님."
꽃장수(알리사)가 침묵을 유지한 사냥꾼에게 눈길을 보냈다.
"남은 건 우리 둘이에요. 누가 먼저 할까요?"
"아쉽게도 나는 대단한 게 아니야. 먼저 이야기해줘."

“그럼 외람되지만.”

꽃장수가 목을 가다듬고서.

손에 든 꽃바구니에 손을 넣더니 거기서 반투명 구체를 꺼냈다.

점술용 수정구슬을.

“실은 저도 꽃장수는 가짜입니다. 진짜 직업은『점술사』. 밤에 점을 봐 마을 사람 한 명의 과거를 볼 수 있습니다.”

『뭐?!』

페이를 포함한 모두의 눈이 일제히 휘둥그레졌다.

점술사.

말만 들어도 극악한 능력이다. 늑대 인간의 능력이「피 냄새가 나는 상대」를 찾는 것인데 반해 이쪽은 플레이어의 과거를 직접 볼 수 있다.

상대가 여럿인지 하나인지의 차이는 있지만 이쪽은 확실하게 한 사람의 행동을 알아낼 수 있다.

……나를 점치면 끝이야.

……점치지 않아도 한 명의 결백을 확실히 알아낼 수 있어.

범인을 쫓는 탐정 측의 능력으로 이만큼 강력한 것은 없다.

“혹시 또 저인가요?!”

“아니요.”

똑바로 뻗은 손에 수정구슬을 올린 꽃장수 알리사.

“제가 점친 상대는 농부님입니다.”

신은 유희에 굶주려있다. 7
©Kei Sazane 2023 Illustration : Toiro Tomose
KADOKAWA CORPORATION
[NOT FOR SALE]

NOVEL

"으극?!"

지금껏 한 행동 중 제일 동요하며 주춤하는 농부 미란다.

반면 꽃장수는 그야말로 점술사에 어울리는 침착한 눈빛이었다. 이 게임의 롤 플레이의 분위기에도 점점 익숙해진 모양이다.

"속일 수는 없습니다. 수정에는 어젯밤의 모든 행동이 비쳤습니다."

"그렇다면 농부 공이 범인이라는 말이군, 꽃장수 공!"

"……."

"꽃장수 공?"

"……**아니요**."

상인 넬이 어리둥절하며 눈을 깜박이자 꽃장수가 천천히 고개를 저어 보였다.

"제 수정구슬에 비친 농부님은 사냥꾼님이 말씀하신 것처럼 촌장님의 피를 핥는 것뿐이었습니다. 총이나 흉기를 지니지는 않았었습니다."

"오오!"

농부가 환희의 포즈.

그야말로 대역전. 결백하다.

"훌륭해, 꽃장수 군. 자네와는 앞으로도 친하게 지낼 수 있겠어!"

"하지만 촌장님을 전혀 구하려 하지 않았던 점은 이해할 수 없습니다."

"하윽?!"

"촌장님이 피바다에 쓰러져 계신다면 먼저 구조 활동을 해야할 겁니다. 그러나 농부님이 한 행동은 그런 구조 활동과는 거리가 멀었어요. 어떤 의미로는 농부님이 촌장님 살해의 공범자처럼 보일 정도였죠."

"……으, 으으으으?!"

기뻐하던 자세는 그대로, 농부의 이마에 식은땀이 줄줄 흘렀다.

"농부님. 당신이 범인이 아니라는 건 저도 변호할 수 있습니다. 그러니 알려주시면 안 될까요? 어째서 촌장의 피를 핥았는지를."

"그, 그건 그게…… 아, 그렇지!"

농부가 뭔가를 깨달은 듯이 말을 이었다.

"한밤중이라 어두웠거든! 그게 피가 아닌 것처럼 보였어!"

"그럼 무엇으로 보였나요?"

"……레드 와인."

극단적으로 작아진 목소리.

"참고로 제 수정구슬에는 농부님이 촌장님의 시신을 꼼꼼히 살피던 것처럼 보였는데요?"

"사, 살핀 게 아니야! 나도 촌장이 신경 쓰였던 것뿐이지!"

꽃장수(알리사)의 점술이 가져온 영향은 막대했다. 가장 의심받던 농부(미란다)가 살인범이 아니라는 것이 사실상 공통적인 인식이 됐다.

흐름이 달라졌다.

……가장 의심받던 농부가 범인이 아니었어.

……그렇다면 반대로 가장 의심받지 않은 마을 사람이 수상하다고 여겨질 수도 있어.

꽃장수는 이미 오늘 밤 점칠 상대를 추려내기 시작했을 것이다.

제빵사(페이)는 그 최유력 후보일 것이다.

……그러고 보니 늑대 인간의 능력 2.

……상대의 공격을 반격한다는 건 점을 보는 것을 방해할 수 있는 걸까?

아니, 안 된다.

점을 방해한다는 것은 보이고 싶지 않은 것이 있다고 자백하는 것이나 마찬가지. 범인이 아니라면 당당히 보여주면 된다고 다그치면 빠져나갈 수 없다.

어찌 됐든 능력 2는 「???」 페이즈 한정. 아직 발동 타이밍을 알 수 없다.

"제 발언은 여기까지입니다. 그럼 이제……."

수정구슬을 바구니에 넣은 꽃장수는 사냥꾼에게 고개를 끄덕였다.

"사냥꾼님, 당신이 마지막입니다."

"그럼 짧게 말하지."

사냥꾼 케이오스가 의미심장한 얼굴로 팔짱을 풀었다.

"나는 사냥꾼이다. 마을의 악당을 잡는 것도 사명 중 하나야. 밤에도 낮과 마찬가지로 단독으로 조사할 수 있지. 나는 이 능력으로 농부의 집을 조사했다."

"다들 날 너무 의심하는 거 아니야?!"

"어쩔 수 없는 일이야."

미안한 기색이 전혀 없는 사냥꾼.

"나도 꽃장수의 점술을 알고 있었더라면 조사 대상을 바꿨을지도 모르겠지만, 아쉽게도 어젯밤 일이었으니까. 어쨌든 이 카드를 손에 넣었다."

사냥꾼이 품속에 손을 넣었다.

그렇게 꺼낸 것은 정보(아이템) 카드 한 장.

"사용 방법은 잘 모르겠지만……."

【『농부의 집』 정보(아이템) ②】

점비약 : 지극히 평범한 약이지만 농부 이상으로 이것을 원하는 사람이 있을지도 모른다.

점비약?

확실히 모르겠다.

페이도 부촌장(레셰)도 꽃장수(알리사)도. 다들 머릿속에 물음표를 떠올리고 있을 때.

"아아아앗?!"

요리사(펄)가 그 아이템을 가리켰다.

"이거예요! 제 능력에 필요한 게 이 점비약이에요. 상인 씨가 갖고 있을 줄 알았는데 설마 농부 씨 집에 있었다니!"

"……요리사의 능력이라고?"

"네. 저한테 주세요!"

어서 달라고.

요리사가 환한 미소로 손을 내밀었지만 사냥꾼은 그것을 수상하다는 듯이 바라본 채 움직이지 않았다. 이유는 그 아이템에 있었다.

요리사와 점비약?

너무나도 어울리지 않는 조합이다.

"요리사. 넌 이 아이템으로 뭘 할 수 있지?"

"후후, 굉장하다고요!"

큰 가슴을 당당히 펴는 요리사.

"이 점비약으로 전 마을 사람 한 명의 **정체**를 간파할 수 있어요!"

정체?!

요리사의 선언에 페이는 자신도 모르게 소리칠뻔했다.

……지금 정체라고 했나?!

……점술처럼 과거의 행동이나 다른 역할 같은 걸 알아

보는 게 아니라 정체를 간파한다고…….

혹시 늑대 인간이라는 「종족」을 간파하는 힘이 아닐까?

짐작되는 점도 있다.

살인범을 추려내는 증거와 능력은 나오고 있지만, 살인범이 「늑대 인간」이라는 정보는 아직 지극히 적다.

요리사의 능력은 그런 상황을 단번에 뒤집을 수 있다.

……사용될 가능성이 큰 건 나야.

……대량의 고기를 들인 걸 의심한다면 펄의 표적이 될 거다!

표정으로 드러내지는 않지만.

페이는 절대로 사용되지 않았으면 하는 능력이다.

"음, 누구의 정체를 볼까요~."

한편 요리사는 벌써 기대에 찬 얼굴이었다.

"예를 들어 제게서 총을 빼앗은 상인 씨라든가."

"읏?!"

"반대로 지금까지 수상한 행동을 보이지 않은 꽃장수 씨라든가."

"큭?!"

"아니요! 지금은 역시……."

"워, 워. 침착해, 요리사 군."

그 어깨를 툭툭치며.

의기양양해진 요리사를 달래듯 자상하게 미소 짓는 농부(미란다)가.

“네 능력은 확실히 훌륭해. 그게 진실이라면 말이야.”
“네?”
“그렇잖니? 점술사가 수정구슬로 점을 칠 수 있는 건 이해가 돼. 하지만 요리사인 네가 어째서 점비약이라는 아이템이 필요한 거니? 내가 볼 땐 너도 뭔가 숨기고 있어.”
“그, 그게 무슨 말인가요?!”
“신빙성이 없다고. 누군가의 정체를 간파한다 해도 네 결백을 증명하지 않는다면 아무도 네 말을 믿어주지 않을 거야.”
“그렇지는……?!”
“동감이다.”
팔짱을 끼고 있던 사냥꾼이 고개를 크게 끄덕였다.
“점비약이라면 눈이나 코에 관련된 능력일 것 같은데, 그게 요리사와 무슨 관련이 있지?”
“……비밀이에요!”
“그럼 네가 비밀을 말해줄 때까지 이 점비약은 내가 보관하고 있지.”
“그런?!”
털썩 주저앉은 요리사.
그런 모습을 본 페이는 내심 안도했다.
『인사는 이제 끝나셨나요?』
『그럼 아침 인사가 끝나고 드디어 2일 차가 시작됩니다!』

미이프가 나팔을 크게 풀었다.

광장을 비추는 햇살.

이른 아침인데도 하늘은 푸르고 맑았으며 시원할 정도로 산뜻한 바람이 불었다. 모든 것을 잊고 초원에서 낮잠을 자고 싶어질 정도로.

『조사 2일 차, 시작합니다!』

낭랑한 미이프의 선언이 참극의 마을에 메아리쳤다.

Chapter

Intermission 정령왕(아라 영감)과 츠쿠모가미(낫홍)

God's Game We Play

페이 일행이 게임 『모든 것이 빨강이 된다』에 도전하고 있을 때.

아득히 먼 땅에서.

다만, 물리적인 거리가 아닌 엘리먼츠와 인간 세계라는 의미로.

“허허. 니베짱, 즐기고 있구나.”

공중에 떠 있는 액정 모니터.

플레이어 일곱 명의 모습이 어지럽게 전환되는 영상을 바라보는 건 바닥에 양반다리로 앉은 갈색 소년이다.

정령왕 아라라소라기.

사랑스러운 소년의 모습을 한 신이 액정 모니터를 올려다보며 그 손가락으로 세 종류의 말을 주웠다.

바닥에 펼친 세 종류의 보드게임에 사용되는 제각각의 말을.

“부럽군. 우린 요즘 이렇게 신들끼리만 놀고 있으니, 게임을 잘하는 인간과 놀고 싶구나.”

탁, 툭, 달칵.

세 종류의 보드게임에 세 정류의 말을 제각각 움직인다.

"안 그러냐, 낫홍."

"……."

턱, 탁, 툭.

소년의 질문에 돌아온 것은 말을 움직이는 경쾌한 소리뿐.

맞은 편에 앉은 모노클을 낀 청년은 손만 움직일 뿐, 굳게 다문 입은 1밀리도 움직일 것 같지 않았다.

그러나.

"알고 있다."

모니터를 올려다보는 소년은 눈을 가늘게 뜨고서 고개를 끄덕였다.

"니베짱은 저렇게 보여도 정이 많은 아이지. 헤레네이어가 신경 쓰고 있는…… 페이라고 했던가? 천천히 시간을 들여 저 소년과 노는 사이에 헤레네이어가 가족을 간호했으면 하는 걸 테지."

"……."

신의 힘은 무한에 가깝다.

그러나 소녀 헤레네이어는 신 헤케트 마리아의 힘을 대부분 잃은 상태다.

지금 그녀가 할 수 있는 일은 병상에 누운 아버지의 손을 잡아주는 것.

"낫홍. 헤레네이어가 신 헤케트 마리아의 힘을 되찾는다면 그 힘으로 아버지의 병을 고쳐줄 것 같으냐?"

“…….”

“그렇겠지. 그럴 리가 없어.”

갈색 소년이 쓴웃음.

반신반인 헤케트 마리아의 이상은 신과 인간을 영원히 갈라놓는 것. 더 자세히 말하자면 「신과 인간이 엮이지 않는 미래」를 만들기 위해.

신들의 놀이를 끝내려는 것도 그러기 위해서다.

“신의 힘을 가족에게 사용하면 자신의 이상을 스스로 부정하는 꼴이지. 헤레네이어답다고 하면 그렇지만.”

그 소녀는.

모든 신 중에 유일하게 **자신을 위해 힘을 사용하길 꺼리는 신**이다.

무한한 힘을 지녔음에도 그 힘을 스스로 제약한다.

정말 자유롭지 않은 신이다.

“하지만 난 그런 헤레네이어가 싫지 않구나.”

정령왕 아라라소라기의 유쾌한 웃음.

손가락으로 집은 말을 경쾌하게 움직이며.

“신이라기엔 너무나도 인간 같아. 시야가 좁고 완고한 데다 고집이 세지. 거기다 소극적이고 외로움을 많이 타고 서툴러. 그런데도 홀로 악착같이 애쓰려 하지. 그런 모습을 보니 나는 손을 내밀어주고 싶어지는구나.”

“…….”

"너도 그렇겠지? 낫훙."

신은 스스로 기적을 일으키는 자에게 미소 짓는다.

세 신이 헤레네이어에게 미소 지은 덕분에 이렇게 팀
마인드 오버 마터
『모든 혼이 모이는 성좌』가 태어났다.

"그리고 니베."

공중에 떠 있는 액정 모니터를 올려다본 정령왕 아라라 소라기는 만족스러운 듯이 미소 지었다.

"넌 그 플레이어들에게 어떤 판정을 내릴 테냐."

Chapter

Player.3 VS 초수 니벨룽 ―모든 것이 빨강이 된다―

1

사건 2일 차 아침.

광장에 모인 일곱 플레이어는 페이를 포함해 다들 생각에 잠겨 자신의 발밑을 바라보고 있었다.

사건 1일 차의 조사가 끝난 뒤 모두가 이렇게 생각했을 것이다.

역시 전원이 수상하다고.

①：흉기가 발견된 것은 부촌장[레셰](곤봉), 사냥꾼[케이오스](총), 상인[넬](총), 요리사[펄](총).

②：밤중에 수상한 행동을 한 사람은 농부[미란다]와 꽃장수[알리사].

그 두 가지에 해당하지 않는 것은 제빵사 혼자.

그렇다고 수상하지 않다고 생각해선 안 된다. 혼자서 수상한 요소가 없다는 점이 **오히려 방심할 수 없다**는 역심리로 이어지기 때문이다.

……꽃장수가 다음에 점칠 상대는 나일지도 몰라.

……요리사의 능력도 교섭을 통해 점비약을 손에 넣으면 내게 사용할 수도 있어.

전자는 자신이 살인범이라는 것을 들킨다.

후자는 자신이 늑대 인간이라는 것을 들킨다.

다시 말해 제빵사의 미션이 거의 괴멸된다는 뜻이다.

……나는 어떡하지?

……촌장을 살해한 범인으로서 게임을 어떻게 진행해야 하지?

정체를 숨기는 것?

할 수만 있다면 이상적이지만 그것은 꽃장수와 요리사에게 달렸다.

자기 의지로 할 수 있는 것은 어떤 사태를 대비해 **게임을 진행하는 것.** 그 이유는 미이프가 이렇게 말했기 때문이다. 「부디 사건의 수수께끼를 풀어」달라고.

이 살인 사건에 숨겨진 커다란 수수께끼.

그것이 「24시의 모순」이다.

23시에 사망했을 촌장이 꽃장수와 24시에 대화했다(증언: 꽃장수).

페이의 역할 자료에는 「촌장을 살해했다」고 적혀 있었다.

그렇다면 페이 입장에선 꽃장수가 거짓말을 한다고 생각

할 수밖에 없다.

……하지만 이렇게 간단히 들킬 거짓말을 초반부터 할까?

……애초에 꽃장수는 거짓말을 할 필요조차 없었어.

뭔가가 있다.

이 모순이라 할 수 있는 수수께끼를 풀 수 있는 정보가 이 마을 어딘가에 존재할 것이다.

『그럼 여러분!』

『2일차 조사 페이즈를 시작합니다!』

미이프가 짝짝짝 박수했다.

『여러분은 어제와 마찬가지로 마을의 어딘가 한 곳을 조사할 수 있습니다. 참고로 이번엔 둘이서 같은 곳을 볼 수도 있습니다. 둘 이상의 플레이어가 만나면 거기서 밀담을 나누는 것도 가능합니다. 아이템 교환, 정보 공유도 가능해요!』

협력 플레이 해금.

신용할 수 있다고 판단한 마을 사람과 남몰래 둘이서만 정보를 교환할 수 있다.

하지만.

페이가 주목한 것은 말속에 숨어있는 의미였다.

"질문해도 될까? 둘이 같은 곳을 보다 손에 넣은 아이템 판정은 어떻게 되지?"

『각각 다른 아이템을 습득합니다. 합의가 있다면 그 자리에서 보여줄 수 있고 교환도 가능합니다.』

역시 그렇다.

정보 아이템은 둘이서 개별적으로 습득한다. 다시 말해 두 가지 이상 남아 있다는 뜻이다.

……예를 들어 우리(제빵사) 집은 어제 꽃장수가 조사했어.

……하지만 아직 두 가지 이상의 정보가 남아있다.

거점 한 곳에 정보는 세 가지 이상 숨겨져 있다.

『그럼 조사 개시!』

『여러분, 원하시는 곳으로 이동해 주세요!』

제2 조사 페이즈 ―부촌장 레셰―

"그럼 어떻게 할까?"

광장에 모인 일곱 명이 제각각 움직이기 시작했다.

그것을 지켜보며 부촌장을 연기하는 레셰는 손을 흔들며 걸음을 내디뎠다.

"아까 제빵사가 재밌는 말을 했었지?"

밤에 피 반응을 조사했다고 말했다.

과학적으로 조사했다던데 어떤 수단일까?

"조금 더 물어볼 걸 그랬나? 좀 신경 쓰이네……."

능력 설명은 수상하지만 능력 자체는 진짜일 것이다.

피 냄새가 강하게 남은 것이 요리사, 상인, 농부. 그리고 약한 반응이 나온 것이 부촌장이라고 말했다.

분명하다.

확실히 부촌장(레셰)은 사건이 있던 날 밤 촌장의 피가 살짝 묻는 일이 있었다. 실은 그건 상당히 핵심을 찌르는 정보였다.

"……내가 의심받을 가능성, 그걸로 단번에 높아졌어."

그 점이 문제였다.

부촌장에게는 범인으로 몰려 추방당해선 안 된다는 미션이 있다. 추방당하면 남은 세 가지 미션도 연쇄적으로 달성할 수 없게 될 가능성이 상당히 컸다.

부촌장의 행동 방침.

그것은 마을 재판에서 절대로 추방당하지 않을 것.

그렇기에 동료가 필요했다. 정보를 공유하고 마을 재판에서도 손을 잡을 수 있는 동료를 찾고 싶었다.

"……제빵사는 어디 있을까?"

부촌장(레셰)이 도착한 곳은 제빵사의 집.

궁금했다. 피 반응을 조사한다는 그의 진짜 역할은 대체 무엇일까.

"힌트가 있다고 한다면 역시 여기지!"

빵집처럼 생긴 가게 안으로.

실내 장식이 깔끔한 가게에 방금 구운 빵이 바구니에 담겨 있었다.

그러나 레셰가 조사하고 싶은 것은 이 안쪽.

제빵사의 방으로.

부촌장(레셰)은 어제 광장에서 시신을 조사했기에 누군가의 집을 조사하는 것은 이번이 처음이었다.

“흠, 이렇게 생겼구나.”

깔끔하게 정돈된 방. 침대와 테이블이 놓여 있었다.

“음?”

피 냄새.

제빵사의 방에 들어온 순간 너무나도 강렬한 냄새가 코를 찔렀다.

“……그러고 보니 제빵사는 피가 묻은 사람 중 **자신**은 말하지 않았지.”

테이블 위에는 아무것도 없다.

그러니 붙박이장의 서랍을 모조리 열었다. 그 두 번째를 연 순간 가장, 마치 해방됐다는 듯이 강렬한 피 냄새가 뿜어졌다.

거기에 숨겨진 물건은.

【『제빵사의 집』 정보(아이템) ②】

의식 아이템 「송곳니 목걸이」.

원래는 다른 누군가의 소유물이었다. 어떤 고대의 의식에 사용할 수 있다.

"……그렇구나."

송곳니 두 개를 실로 연결한 것뿐인 소박한 목걸이.

제빵사가 할 장식품인 것 같지는 않다. 그리고 신경 쓰이는 것은 설명문의 후반.

"고대의 의식? 그러고 보니 내 역할 자료에……."

방안에서 잠시 팔짱을 끼고서.

그렇게나 자욱했던 피 냄새가 거짓말처럼 사라지는 가운데, 부촌장은 홀로 고개를 끄덕였다.

제2 조사 페이즈 ―농부 미란다―

"호오, 여기가 꽃장수의 집이구나. 예쁜 곳이네."

형형색색의 꽃으로 꾸며진 집을 둘러보고서, 농부를 연기하는 미란다는 눈을 반짝였다.

꽃장수(알리사)의 정체는 예상하지 못했던 점술사.

정말로 완벽하게 정체를 숨겼었다. 선언하는 타이밍도 좋아서 일곱 플레이어 중에서 가장 결백에 가까울 것 같았다.

"……솔직히 나도 꽃장수 군의 점 덕분에 살았으니까."

아무래도 자신은 살인범이 아니었던 듯하다.

살인 사건이 있던 밤.

농부(미란다)는 촌장에게 말했다. **어떤 물건을 돌려달라고.** 약속된 밤, 촌장을 발견한 곳이 바로 광장이었다.

하지만.

정신이 들고 보니 농부의 앞에 피투성이가 된 촌장이 쓰러져 있었다.

지금까지의 기억이 없다.

촌장을 살해한 사람은 자신일까?

혹시나 하는 마음에 안절부절 못했지만, 다행인지 불행인지 점술사(알리사)의 점이 해결해 주었다.

자신은 공범자 대우이지만, 살인범은 아니었다.

그렇다면.

이제 농부가 지켜야 할 것은 자신의「어떤 비밀」이다.

피를 본 순간 정신을 잃고 만다. 그 이유를 들키면 역시 살인범 의심을 받을 수도 있다.

"……따라서! 내가 경계해야 하는 건 두 번 연속으로 꽃장수 군이 날 점치는 것. 후후, **어젯밤의 나**를 점치는 건 좀 곤란하니까."

그래서 이곳 꽃장수의 집으로 왔다.

이번 조사 페이즈에서 점에 필요한 수정구슬을 빼앗는다.

"요리사 군은 능력을 사용하려면 점비약이 필요하다고 했어. 그렇다면 점도 그렇게 강력한 능력이니 수정구슬이 필요한 게 분명해!"

꽃집 거실로.

그러나 기대했던 수정구슬이 보이지 않았다. 침대와 침

실, 나아가 화장실 욕조까지 찾아봤지만 어디에도 보이지 않았다.

곧 조사 페이즈의 시간이 끝난다.

“아, 정말! 이렇게 된 이상 뭐든 좋아! 정보나 아이템!”

다시 거실로.

거기서 농부는 테이블에 놓인 기묘한 유리병을 발견했다.

반작이는 파란 액체. 이건 대체…….

【『꽃장수의 집』 정보(아이템) ①】

푸르게 빛나는 아름다운 물.

꽃에 주는 물이나 영양제가 아니다. 뚜껑을 열어 물을 뿌릴 수 있다.

“……호오? 화장수는 아니지?”

액체가 반짝반짝 빛나고 있다.

평범한 액체가 아닌 듯한데 그것이 무엇인지 도무지 알 수 없었다.

“아! 혹시 수정구슬은 위장용이고 점칠 때 필요한 진짜 아이템이 이건가?! 이 물을 마시면 신기한 힘을 손에 넣는다거나……!”

유리병을 들었다.

그와 동시에 『물을 손에 뿌려보겠습니까?』라는 설명문이 떠올랐다.
"당연히 사용해야지!"
병뚜껑을 열고 손에 파란 액체를 뿌리자.
슈우우우욱!
농부의 손에서 하얀 연기가 피어올랐다.
"앗! 뜨거워! 아야아앗?!"
뼛속까지 스미는 격통.
너무나도 아파 그 자리에서 데굴데굴 굴렀다.
"아파, 아파아파아파!"
바닥 융단에 손을 비벼 액체를 닦아냈다. 그러나 농부의 손등은 새하얀 물집 같은 흉터가 생겼다.
"뭐…… 뭐니, 이 액체는?!"
위험한 약품인가?
그러나 강렬한 산이라면 유리병부터 녹았을 테고 닦아낸 융단도 녹았을 것이다. 그러나 둘 다 아무런 변화가 없었다.
농부의 손에만 마치 액체에 미움을 산 것처럼 화상 자국이 남았다.
"……이 액체. 혹시?"
아직 하얀 연기가 스멀스멀 피어오르는 손을 바라본 미란다는 숨을 죽였다.
이렇게 위험한 액체를……,
꽃장수는 왜 소지하고 있으며, 왜 비밀로 하고 있을까?

제2 조사 페이즈 —사냥꾼 케이오스—

"……정말 혼란스러워졌군."

고요해진 광장.

여섯 플레이어가 떠난 곳에서 사냥꾼을 연기하는 케이오스는 한동안 하늘을 올려다보았다.

"……농부가 흑막이라고 생각했는데."

자신은 확실히 봤다.

23시 30분.

피투성이가 된 촌장과 손에 묻은 피를 농부가 핥는 순간을.

……꽃장수의 점에 따르면 농부는 살인을 저지르지 않았어.

……아니, 그것보다 24시에 꽃장수가 촌장과 대화했다고?

그런 일은 불가능하다.

그 이유는 **촌장의 시신을 불태운 사람이—**

"……."

이해가 안 된다.

꽃장수(알리사)의 점술도, 그 이전 24시의 증언도. 마치 촌장을 살해한 범인을 추려내지 못하게 하려는 반대되는 증언이다.

"역시 수상한 건 꽃장수야. 분명해."

그러나 꽃장수의 집에는 농부(미란다)가 갔다.

늦었다. 만약 농부가 흑막이고 꽃장수와 결탁하고 있다면 한발 먼저 이동해 중요한 증거를 숨긴 뒤일지도 모른다.

"……그럼 광장인가."

조사할 것은 촌장의 시신.

그날 밤, 농부가 촌장의 시신을 건드린 것을 확실히 봤다. 뭔가 중요한 정보가 남아 있지는 않을까.

광장 벤치로.

얇은 가림막으로 가려진 부지로 들어가니 검게 탄 시신이 있었다.

"가슴과 등에 상처가 있다고 말한 게 부촌장이었지."

상처는 두 군데.

농부와 꽃장수가 각각 공격한 상처일 가능성도, 있다.

……하지만 동기가 뭐지?

……가슴과 등에 상처가 있다지만 두 사람의 소지품 중에 흉기는 아직 발견되지 않았다.

촌장의 시신을 건드렸다. 그 순간.

슈우우욱!

사냥꾼의 손끝에서 하얀 연기가 피어올랐다.

"크?!"

다급히 물러났지만 손끝에는 이미 하얀 물집 같은 상처가 생겼다.

【『광장(촌장 시신)』 정보 ②】

촌장의 시신은 젖어 있다.

자세히 보니 푸르게 빛나는 액체가 촌장의 온몸에 묻어있다.

“이 액체는 뭐지……?”

무심코 손가락을 응시했다.

잠시 닿은 것만으로 손가락에 화상을 입었다.

“이 액체가 촌장에게 뿌려진 상태로 불이 붙었다면 액체가 증발했을 테지. 그렇다면 촌장이 불에 탄 뒤에 액체가 뿌려진 건가……?”

무엇을 위해?

그리고 파란 액체의 정체는?

“……설마!”

사냥꾼(케이오스)은 이해했다.

촌장의 사인은 이 파랗게 빛나는 액체와 강한 연관이 있는 것 같다. 그렇다면 일곱 명 중 액체를 지닌 사람을 찾으면 된다.

“이 게임, 아무래도 내 두 번째 능력을 사용할 일은 없을 것 같군.”

제2 조사 페이즈 —꽃장수 알리사—

“아, 정말 헷갈리네요!”

언덕 위 촌장의 저택을 올려다보며, 꽃장수를 연기하는

알리사 비서관은 고민에 빠졌다.

"……제 인식이 틀리지, 않았죠?"

그저께 밤 24시.

촌장의 저택에서 확실히 촌장과 대화했었다.

……하지만, 23시 30분.

……제 점술로 촌장이 피투성이가 되어 쓰러진 것을 본 것도 사실.

사냥꾼은 거짓말을 하지 않았다.

나아가 농부가 직접적인 살인범이 아닌, 기묘한 공범자라 할 수 있는 입장이라는 것도 정리가 됐다.

"그럼 촌장님이 피투성이로 만든 건 누구……?"

흉기를 소지한 것은 네 사람.

사냥꾼[케이오스](총), 상인[넬](탄환이 하나 없는 총), 요리사[펄](호신용 총), 부촌장[레셰](곤봉). 그리고 주목할 점은 제빵사의 야간 조사다.

……피 냄새가 나는 사람을 조사했다고 했었죠.

……그에 해당하는 인물이 농부, 상인, 요리사, 부촌장(다만 피 냄새가 옅다).

다시 말해 상인[넬]과 요리사[펄]로 좁혀진다.

이 두 사람만이 「흉기」를 소지한 동시에 「피 냄새가 난다」.

"조사 우선도가 높은 두 사람…… 누구를 골라야 할지……."

저택을 등지고 언덕길을 내려갔다.

"상인과 요리사는 모두 총을 지니고 있습니다. 흉기가 총이라면 의심할 것은 탄환이 하나 부족한 상인이 아닐까요…….”

정말로?

하지만 자신이 없다.

언덕을 내려가며 전력을 다해 생각했지만 판단에 자신이 없었다.

“……하, 하지만 공헌해야 합니다! 저는 초보자니까요!”

꽃장수, 다시 말해 알리사는 일개 비서관일 뿐 게임의 달인이 아니다.

그녀가 할 수 있는 것은 다른 사람들의 방해가 되지 않는 것. 방해가 되지 않으려면 미션 달성에 최선을 다해야 할 것이다.

사건 해결은 다른 플레이어에게 맡긴다.

그녀는 자신의 미션 달성에만 집중한다.

우선 의심받지 않을 것. 꽃장수의 미션은 **마을 재판에서 추방당하면 끝**이기 때문이다.

그럼 의심받지 않으려면?

그것이 바로 「공헌」이다.

자신이 조사한 결과를 조금의 거짓도 없이 보고한다. 24시에 촌장을 봤다고 말한 것도 그것이 사실이기에 보고했다.

“……찾았습니다!”

광장을 가로질러 샛길로.

상인의 마차가 거기에 있었다.

짐칸을 엿보니 상인답게 상품이 산더미처럼 쌓여 있었다. 장신구와 융단, 옷과 모자 등 다양한 물건들이 있었다.

그리고 그 안쪽에.

"음?! 이게 뭔가요, 이 새빨간 촛대는……?!"

피에 물든 촛대.

이미 사용된 흔적이 있으며 양초는 절반 정도 녹은 뒤였다.

【『상인』 정보(아이템) ②】

피로 얼룩진 촛대.

상인의 마차 짐칸에 몰래 놓여 있었다.

어떠한 의식에 사용될 법한 불길한 기운이 있다. 이 새빨간 피는 누구의 피일까.

"이건 확정이잖아요!"

직감했다.

이 아이템이 바로 살인범을 알려주는 확실한 증거라고.

제2 조사 페이즈 ―요리사 펄―

"후후후후후……."

마을 언덕길을 힘차게 성큼성큼 올랐다.

높은 곳에는 촌장의 저택이 있지만, 요리사를 연기하는

펄의 목적지는 촌장의 집에 가기 전에 있었다.

부촌장(레셰)의 집.

이곳을 고른 것은 자신뿐인 듯하다.

"역시 다들 부촌장 씨에 대한 경계심이 옅네요."

요리사(펄)의 추리로는.

제일 수상한 사람은 바로 농부.

그리고 예상 밖의 인물은 아직 용의자다운 증거가 발견되지 않은 제빵사와 사냥꾼이 아닐까.

"……그렇게 생각하겠지만, 제 눈은 속일 수 없어요!"

부촌장의 집을 올려다보았다.

그 문에 손을 가져간 펄은 힘차게 문을 열었다.

"정말로 수상한 인물은 부촌장 씨! 지금까지 조용히 있어 의심받지 않고 있지만, 어젯밤 제 능력을 방해한 게 실수였어요!"

부촌장은 두려워한 것이다.

어떤 「정체」를 숨긴 건지는 요리사도 모르겠지만, 자신의 정체가 간파되길 두려워한 탓에 능력을 방해할 대상으로 요리사를 고른 것이 분명하다.

……마치 보지 말라고 말하는 것이나 마찬가지.

……따라서 제일 수상해요!

요리사(펄)의 미션.

그중 하나가 「마을 사람 둘 이상의 정체를 능력으로 간파하거나 교섭을 통해 알아낼 것」이다.

그녀는 지금까지 그것을 노려왔다.

"다른 한 명의 정체는 어떻게든 한다 치고…… 우선 부촌장 씨를 조사하는 게 먼저예요! 이 집에도 뭔가가 있을 터!"

우선 거실 조사부터.

제일 먼저 눈에 들어온 것이 거대한 곤봉. 손잡이 부분에 감긴 밧줄은 광장의 장작에 감긴 것과 같은 밧줄이었다.

"맞아요, 이것부터가 수상해요!"

무엇을 위한 곤봉일까.

처음엔 이걸로 촌장을 공격했다고 생각했지만, 그랬다면 곤봉에 피가 묻었을 것이다. 피가 묻지 않았다면 곤봉은 흉기가 아니다.

"또 다른 건……."

부촌장(레셰)답게 방은 널찍한 구조였다. 부촌장의 몸집이 큰 탓인지 테이블과 의자가 유난히 큰 것이 조금 신경 쓰였다.

"이상하네요. 이렇다 할 아이템이 나오지 않아요. ……이 서랍 안은?"

책상 서랍을 열었다.

그 순간 요리사는 정말 위험한 냄새를 느꼈다.

【『부촌장』 정보(아이템) ②】

뼈 펜. 피 잉크.

당신은 이것이 무서운 저주의 도구라는 사실을 본능적으로 이해했다.

그러나 무엇인가 부족하다. 펜과 잉크…… 의식에는 무언가 하나가 더 필요하다.

가장 중요한 의식 아이템을 찾아야 한다.

그것은 이 아이템의 진짜 소유자의 근처에 있을 것이 분명하다.

"……이건?!"

너무나도 박력 있는 아이템에 자신도 모르게 엉덩방아를 찧고 말았다.

이상한 분위기지만 아무래도 이 의식 아이템이라는 것은 아직 불완전한 것 같다.

펜과 잉크, 다른 하나…….

"아! 부족한 건 **종이**…… 종이로 된 의식 아이템? 아직 아무도 발견하지 못했죠?!"

소지한 것을 숨기고 있을까?

아니다. 오늘 아침 보고에서는 대부분의 플레이어가 정보 카드를 제시했다.

정말로 아직 발견되지 않았을 것이다.

"……진짜 소유자라는 건?"

이건 부촌장의 서재에 있었다.

그러나 설명문을 볼 때 이 의식 아이템들은 부촌장의 소유물이 아닌, 진짜 소유자가 따로 있다는 것을 시사하고 있었다.

"……그렇다면……."

요리사(펄)가 그렇게 중얼거린 순간.

덜컥.

그때, 서재 문이 힘차게 열렸다.

제2 조사 페이즈 —상인 넬—

"……예상대로다."

통나무로 만들어진 집을 올려다보며, 상인을 연기하는 넬은 힘주어 고개를 끄덕였다.

역시 그랬다.

끈기 있게 기다려봤지만 **상인(넬) 이외엔 아무도 이 집에 오지 않는다.**

"제1 조사 페이즈에서 조사되지 않은 집은 두 곳. 꽃장수와 사냥꾼이다. 그리고 제2 조사 페이즈에서도 아무도 올 기색이 없다!"

이유는 무척 간단하다.

모두가 「사냥꾼은 결백하다」고 판단했을 것이다. 결백한 플레이어의 집을 조사해도 의미가 없다. 수상한 사람을 조사하는 것이 중요하다.

지극히 당연한 판단이라 할 수 있다. 그러나.

"……따라서 수상하다."

자신의 감이 말하고 있다.

이 게임, 결백하게 보이는 플레이어야말로 방심해선 안 된다고.

"사냥꾼 공, 실례하지!"

나무로 된 문을 밀어 열었다.

타닥타닥, 불똥이 튀는 난로가 있고 통나무 재질의 온기가 있는 거실이지만…… 총이 있다.

총, 총, 총.

좌우 벽에 즐비한 대형 엽총에 압도된 상인은 뒤로 주춤했다.

"이, 이 수는 뭐지?!"

사냥꾼이라지만 한 사람이 소지하기엔 너무나도 많았다.

숲의 동물을 사냥한다기엔 너무나도 큰 엽총이 잔뜩 놓여 있었고, 선반에는 수류탄 같은 폭탄까지 아무렇지 않게 놓인 것이 아닌가.

무엇을 꾸미고 있을까?

이렇게나 많은 총을 준비해야 할 이유가, 적어도 그녀로서는 떠오르지 않았다.

"……마을 하나를 괴멸시킬 수 있겠군."

사냥꾼(케이오스)의 결백을 점점 더 믿을 수 없게 됐다.

자신들은 그 사냥꾼을 정말로 신용해도 되는 걸까? 이렇게나 많은 총의 용도는 반드시 추궁할 필요가 있을 것이다.

"응? 이건……."

문뜩 테이블에 눈길이 갔다.

지금까지 벽에 걸린 총에만 정신이 팔렸었지만 테이블에는 직접 쓴 편지 한 장이 놓여 있었다.

【사냥꾼의 집 정보(아이템) ①】

테이블에 편지 한 통이 놓여있다.

「촌장의 일정표다.

촌장에게서 눈을 떼지 마. 네가 감시하다 여차할 땐…… 알고 있겠지?」

이 편지에는 보낸 사람의 이니셜이 적혀있다. 부촌장의 이니셜과 일치한다.

"이건?!"

무심코 편지를 꽉 쥐었다.

"촌장의 일정, 미행…… 설마 암살 계획?! 편지를 보낸 건 부촌장이라고?!"

너무나도 중대한 정보다.

무려 부촌장(레셰)과 사냥꾼(케이오스)은 결탁하고 있었다. 이건 확고한 증거가 될 것이다.

혹시 사냥꾼은 촌장 살해를 노렸지만 실패한 걸까?

……사냥꾼 공이 촌장을 쐈다면 그건 23시 30분이다.

……그리고 사냥꾼 공은 촌장이 죽었다고 착각했을 거야.

그 추측에는 근거가 있다.

그 이유는 **밤 26시, 그녀는 광장에서 촌장과 만났기 때문**이다.

촌장은 죽지 않았다.

그래서 그녀는…… 아니, 그다지 회상하고 싶지 않다. 적어도 그녀는 촌장의 시신이 불탄 **일과는** 상관이 없으니까.

"그래…… 나는…… 상인은 잘못하지 않았다!"

편지를 쥔 채 자신을 타이르려는 듯 큰소리로 외쳤다.

부촌장과 사냥꾼이 살의를 품고 있었던 사실은 이 편지로 확실해졌다 할 수 있다. 다음 보고 페이즈에서 다른 사람들 앞에서 밝힐 것이다.

"이 게임, 모든 수수께끼가 풀렸다!"

확고한 자신을 갖고, 상인(넬)은 통나무집을 박차고 나왔다.

제2 조사 페이즈 —제빵사 페이—

조사 페이즈 시작.

차례차례 광장에서 나가는 상인(넬)과 부촌장(레셰)을 확인한 페이는 마을 언덕길을 뛰어올랐다.

마을을 한눈에 볼 수 있는 언덕.

촌장의 저택에서 내려다보는 것으로 다른 여섯 명의 동향을 내려다볼 수 있다.

“…….”

그녀가 간 곳은 어디지?

한동안 관찰한 결과 **그녀**가 혼자인 것을 확인한 페이는 촌장의 저택을 돌아보았다.

……어젯밤 늑대 인간의 능력에 생각지 못한 반응이 있었어.

……광장에서 사망했을 촌장의 피 냄새가 어째서인지 이 저택까지 이어져 있었지.

둘 중 하나.

죽었을 촌장이 움직였거나, 누군가가 피투성이가 된 시신을 옮겼거나.

그리고 촌장은 24시에 꽃장수와 대화했다.

또한 다음 날 아침, 촌장은 불에 탄 모습으로 광장에서 발견됐다. 23시 30분 이후, 살인범 이외의 누군가가 촌장의 사망에 관여한 것은 분명하다.

그럼 누가?

무슨 목적으로?

……다들 그게 궁금한 거야.

……사건이 있던 날 밤. 누가, 무엇을 했는지.

그 정보를 손에 넣기 위해 의심되는 플레이어의 집을 조사하는 흐름이다.

그렇다면.

자신은 다른 관점에서 게임을 진행하자.

촌장은 누구인가.

어젯밤 늑대 인간의 능력으로 발견한 촌장의 일기.

거기엔 눈에 띄는 단어가 몇 가지 있었다. 그중에서도 신경 쓰이는 것이 「이제는 나도—」라는 마지막 한 문장.

"……."

촌장의 저택.

이 거대한 저택의 뒤에는 잠겨있는 창고가 있다.

……계산? 아니, 직감에 조금 더 가까운가.

……나는 주어진 시간을 전부 저택에 걸겠어!

역할 자료를 받은 여섯 플레이어가 아닌 NPC에 불과한 촌장에게 조사 페이즈의 모든 시간을 들일 것이다.

저택 안으로.

거실은 어제와 변함없었다. 시간이 흘러 새로운 정보가 나왔나 했지만.

"그렇다면 여기밖에 없지!"

촌장의 서재로.

한 발 들어서자마자 페이의 시선은 방의 한 곳에 고정됐다.

새빨간 손자국이 묻은 테이블.

"이건가!"

새빨간 피로 된 손자국이 테이블에 묻어있는 것이 아닌가.

어젯밤 늑대 인간 차림이었을 때는 알아차리지 못했다.

……그렇군. 늑대 인간 모습이 됐을 땐 후각이 날카로워지는 대신 시력이 떨어지는 거야.

……그래서 어젯밤의 나는 이 손자국을 발견하지 못했어!

그리고 첫 번째로 왔을 땐 그림에 시선을 빼앗겼었다. 총 세 번, 그렇게 서재를 찾지 않으면 핏자국을 발견하지 못하는 장치다.

손자국은 분명 촌장의 것이리라.

"촌장은 이런 중상을 입고 뭘 한 거지?"

테이블에 덕지덕지 묻은 핏자국. 테이블에 기대어 마치 **무언가를 찾으려고** 돌아다닌 것처럼 보인다.

테이블에 무언가가 있어서 촌장은 그것을 찾아온 걸까?

그럼 몇 시에?

★1　　　　???

23시　　　:　(광장) 제빵사(페이)가 촌장을 살해함.

23시 30분 :　(광장) 쓰러진 촌장의 피를 핥는 농부(미란다)와
　　　　　　　그것을 목격한 사냥꾼(케이오스).

★2　　　　　???

24시　　　　　: (저택) 꽃장수(알리사)가 촌장과 대화. 단 촌장은 모습을 드러내지 않음.

다음 날 아침 : (광장) 촌장이 불에 탄 시신으로 발견.

핏자국이 묻은 시간대는 이 「★1」, 「★2」 중 하나다.

늑대(페이) 인간이 습격하기 전부터 촌장이 중상을 입었다면 ★1, 혹은 23시 30분 이후 죽은 줄 알았던 촌장이 저택으로 돌아왔다면 ★2.

"……틀렸어. 특정할 수 없어."

아직 촌장의 행동을 파악할 수 없다.

원하는 것은 「사람의 움직임」이다.

사건 날 밤의 행동한 것이 판명된 것은 제빵사(페이), 농부(미란다), 사냥꾼(케이오스).

사건 날 밤의 행동이 판명되지 않은 것은 상인(넬), 요리사(펄), 부촌장(레셰), 꽃장수(알리사).

조사가 필요한 것은 후자인 네 사람일 것이다.

이 네 사람이 「아무것도 하지 않았을」 리가 없다. 그 이유는 네 사람 중 세 사람의 집에서 흉기가 발견됐으니까.

상인 : 탄환이 하나 사용된 총이 발견됨.

요리사 : 어째서인지 역할에 어울리지 않는 총을 소지.

부촌장 : 집에 밧줄이 감긴 곤봉이 있으며, 광장의 장작더미를 고정하는 밧줄과 동일.

유일하게 부촌장만큼은 추측할 수 있다.
광장에 놓인 장작더미.
……장작더미가 무너지고 다시 고친 흔적이 있어.
……그렇게 말도 안 되게 큰 장작을 다시 쌓을 수 있는 건 부촌장뿐이지.
다시 말해 사건이 있던 날 밤.
부촌장(레셰)은 광장에서 장작더미를 무너뜨릴 만한 「어떤 행동」을 했다.
"촌장을 불에 태웠나? ……가능성은 크지만 확증이 없어. 그럼 상인과 요리사는 사건 날 밤 무엇을 한 거지?"
모르겠다.
다른 플레이어의 정보가 부족한 탓이다.
……알고는 있었지만 내 행동의 약점이군.
……촌장의 저택을 세 번 연속으로 조사했으니 가지고 있는 정보가 너무 편향됐어.
"어쩔 수 없지, 그쪽은 보고 페이즈에서 물어보기로 하고."
조사 재개.
지금은 우선 새로운 정보를 찾자.
저택을 조사하기만 해서는 손에 넣을 수 없다. 직접 추측하고 수상한 곳을 찾아보지 않으면 정보가 나오지 않는 것이 성가시다.

"그러고 보니 어제 그 일기는……."

책장은 어젯밤과 동일.

두꺼운 책이 빼곡히 꽂혀있고, 어젯밤에는 거기에 촌장의 일기가 숨겨져 있었다.

"……어디, 위에서 세 번째 선반의 왼쪽에서 두 번째."

사전으로 위장된 일기를 뽑았다.

그 순간, 종잇장이 펄럭펄럭 자동으로 넘어갔다.

"새로운 일기인가?!"

세 번째 촌장의 정보. 그것은,

【『촌장』 정보 ③ (정보 ②를 입수하지 않으면 볼 수 없음)】

아…… 몸이 가렵다…….

몸에서 수분이 사라지고 있다. 퍼석퍼석하다. 불을 붙이면 아주 잘 타오를 것이다.

이런 나를 보면 아내는 어떻게 생각할까.

모르겠다. 하지만 곧 답이 나온다. 의식 아이템도 손에 넣었다.

양 열 마리를 바치리라.

"……일기 뒤 내용이 이건가."

몇 줄뿐인 수기를 뚫어지게 응시했다.

여기서 추측할 수 있는 것은 촌장이 —이고 그 목적이 —라는 것.

만약 그렇다면.

"역할 자료와 실제 역할의 차이는, **그런 거였나!**"

일기를 꽉 쥐었다.

드디어 이 게임의 본질이 보이기 시작했다. 니벨룽이 인간에게 내민 게임 장치가 얼마나 짓궂은지도.

……내 예상이 옳다면 이제 빠듯해.

……다음 보고 페이즈에서 흐름을 바꾸지 못하면 인간 측의 패배가 정해진다.

상황을 정리하자.

지금, 모든 플레이어가 미션 달성을 위해 움직이고 있다.

게임의 승리 조건은 전원이 적어도 한 가지 미션을 달성하는 것. 이것에 따른 최악의 결말은 자신만 미션을 달성하지 못해 게임에서 패배할 때일 것이다.

자기 때문에 패배했다.

그렇게 되는 것은 당연히 싫을 것이다. 그러니 반드시 자신의 미션을 달성해야 한다고 생각할 테지만.

"그럴 필요가 없었어!"

이해했다.

신의 함정은 거기에 있었다.

이 게임은 플레이어 전원이 미션을 달성하면 **패배한다.**

바꿔 말하자면.
눈앞의 미션은 달성하지 않아도 된다. 그것보다 중요한 것이 있다.
"미이프!"
『네~ 무슨 일이세요?』
페이가 부르자 작은 정령이 창문을 통과해 들어왔다.
"조사 페이즈 시간은 이제 몇 분 남았지?!"
『이제 10분 정도입니다.』
아슬아슬하지만 서두르면 불가능하지 않다.
빠르게 외치며 손가락 두 개를 세웠다.
"확인하고 싶은 게 두 가지 있어."
『말씀하세요.』
"나는 촌장의 조사를 마쳤어. 조사는 이걸로 끝이야?"
『네. 조사는 한 군데뿐입니다.』
"그럼 묻지! **조사하지 않는다면 이동해도** 상관없겠지?"
『그렇습니다.』
그렇다, 이것이 중요하다.
한 가지 더.
"아까 알려줬지? 이번엔 밀담이 가능하다고."
『그래서 제2 조사 페이즈는 시간이 길게 잡혀 있습니다.』

"밀담 조건은 『둘 이상의 플레이어가 **조우**한 경우』라고 했지? **같은 곳을 조사하지 않더라도** 만나기만 하면 되는 거잖아?"

『물론입니다.』

이것이 열쇠가 된다.

같은 장소를 조사하지 않더라도 마주치면 밀담 조건이 갖춰진다.

"알았어!"

그렇게 말한 페이는 곧장 촌장의 저택을 뛰쳐나갔다.

그가 가는 곳은 **그녀**가 간 집.

……서두르자.

……이 게임의 상황을 뒤집으려면 그 능력이 필요해.

조사 페이즈는 앞으로 10분.

1분 1초가 아까운 페이는 전속력으로 언덕길을 달려 내려갔다.

⑦ 사건 2일 차 『오후』 제2 보고 페이즈

해가 저물어 간다.

어제까지는 타오를 듯한 저녁노을이었지만, 기분 탓인지 지금은 피처럼 새빨간 색으로 보였다.

끝이 다가오고 있다.

그것도 오싹해지는 종언을 떠올리게 하는 「끝」이.

『제2 조사 페이즈, 수고하셨습니다!』

미이프의 목소리가 울렸다.

그 뒤에는 어제와 마찬가지로 캠프파이어가 밝게 타오르고 있었다.

『이제 하루 남았네요.』

『내일 아침에는 마을 재판이 열립니다. 남은 건 이번 제2 보고 페이즈와 밤의 자유 시간뿐. 여러분, 충분히 대화를 나누시고 부디 사건을 풀어주세요!』

여기서 대세가 정해질 것이다.

저마다의 발견이 있었던 일곱 플레이어가 진지한 얼굴로 모였다.

따라서 성가신 것은 제한 시간이다.

대화할 수 있는 것은 캠프파이어의 불이 켜져있을 때뿐.

『여러분, 그럼 발언을—.』

"나부터 시작할게!"

먼저 입을 연 것은 의외라 할 수 있는 인물이었다.

말없이 팔짱을 끼고 있던 농부(미란다)가 미이프의 말을 가로막고 손을 들었다.

"수수께끼는 전부 풀렸어!"

"아니, 정말인가, 농부 공?!"

"맡겨줘, 상인 군. 이 몸께서 게임의 진상을 밝혀내겠어!"

안경 브리지를 손가락으로 추어올리며.

"내가 조사한 건 꽃장수 군의 집이야. 그녀의 점술이 진짜인지 확인하고 싶었거든. 조사해보니 이런 걸 발견하고 말았어."

그녀가 꺼낸 것은 유리병.

그 안에는 밤인데도 반짝반짝 빛나는 파란 액체가 담겨 있었다.

"……그건?!"

유리병을 보자마자 꽃장수(알리사)의 얼굴이 굳어졌다.

"유리병?"

두 사람은 내용물을 이해하는 모양이지만 제빵사(페이)를 포함한 다른 사람들은 고개를 갸웃하는 상황이었다.

"농부 씨? 그 액체가 뭔데요?"

"자기 팔로 시험해 보면 알 거야, 요리사 군."

"네?"

"자, 이 액체를 네 팔에 한 방울 떨어뜨릴게. 그러면……."

푸쉬이이익!

파란 액체가 떨어진 순간 요리사(펄)의 팔에서 새하얀 연기가 피어오르는 것이 아닌가.

"아파아아아아아아?! 무, 뭐 하는 건가요, 농부 씨?! 이 액체는 대체 뭐냐고요?!"

"제군들, 지금 본 것과 같아."

뒤에서 데굴데굴 몸부림치는 요리사.

정작 농부는 그 유리병을 가볍게 흔들어 보였다.

"이건 꽃에 주는 물이나 영양제가 아니야. 맹독이지. 그렇지? 꽃장수 군."

"……."

"난 깨달았어. 총을 지닌 사람이 있고, 곤봉을 지닌 사람도 있었어. 하지만 꽃장수 군이 이런 맹독성 물을 숨긴 건 분명 어딘가 이상하다고! 꽃장수 군이 무서운 비밀을 숨긴 건 분명해!"

농부의 목소리에 흥분이 깃들었다.

반면 꽃장수의 얼굴은 점점 핏기를 잃어갔다.

"이게 어떻게 된 거려나? 혹시 꽃장수 군이 살인 사건의 흑막이 아니니?"

"아, 아닙니다!"

광장에 쥐어 짜낸 듯한 목소리가 울렸다.

외친 것은 당연히 꽃장수(알리사)다.

"……확실히 그 유리병은 제 물건입니다. 하지만 총을 지닌 사람도 있는데 저만 주목하시는 건 이상하지 않은가요?!"

"글쎄."

불똥이 튀었다.

수백 개의 불똥이 피어오르며 사냥꾼(케이오스)의 모습을 밝게 비추었다.

"나도 농부와 같은 증거를 손에 넣었다. 촌장의 시신을 조사한 결과, 그 시신이 젖어있다는 걸 알게 됐지. 그것도 파란 액체로!"

"호오, 사냥꾼 군. 혹시 내가 발견한 이 액체니?"

"그래. 그렇지 않아도 이 파란 액체가 누구의 물건인지를 조사하고 싶었는데 결론이 빠르게 나왔군."

사냥꾼이 고개를 크게 끄덕였다.

그야말로 표적을 노리는 눈빛으로.

"지금 농부가 보여준 것처럼 이 파란 액체는 만지는 것만으로도 굉장한 고통을 유발해. 온몸에 뿌리면 도저히 버틸 수 없겠지. 그렇지? 꽃장수."

"……기, 기다려 주세요!"

꽃장수도 물러서지 않았다.

미란다
농부와 사냥꾼에게, 그리고 다른 일행들을 둘러보고서.

"촌장님은 피투성이가 되어 쓰러져 계셨을 겁니다. 그리고 불에 탄 점을 보아 저보다 먼저 누군가가 촌장님을 습격했다고 생각해야 하지 않을까요?!"

"그래."

의외일 정도로 간단히 수긍하는 사냥꾼.

"촌장이 누군가에게 습격당한 흔적이 있었어. 그리고 솔직하게 고백하지. **촌장을 불태운 건 나다.**"

"네?!"

"사냥꾼 공?!"

"자, 잠깐, 사냥꾼 군!"

모두가 자기 귀를 의심했을 것이다.

그야말로 광장에 모인 여섯 명의 생각이 똑같을 것이다. 조용히 지켜만 보던 페이가 무심코 사냥꾼을 두 번 보고 말았을 정도다.

……사냥꾼이?

……총으로 쏜 게 아니라 촌장을 불태운 장본인?!

"시각은 26시경이었나."

"아, 아니! 잠깐 기다려 봐, 사냥꾼 군…… 애초에 촌장이 피투성이가 되어 쓰러져서 나를 용의자로 만든 건 너였잖니!"

항의하는 농부(미란다).

그 옆에서 꽃장수(알리사)도 기다렸다는 듯이 동의했다.

"그 말은 그냥 넘어갈 수 없습니다! 방금 제 혐의도 주장하셨잖아요. 촌장님을 불태운 사람이야말로 범인이 아닙니까!"

"어폐가 있었군."

반면 사냥꾼(케이오스)의 말투는 한겨울 호숫가처럼 침착했다.

약간의 동요도 없었다.

"내가 태운 건 촌장의 시신이었고, 예상치 못한 사고였다. 거리를 잘못 계산해 너무 다가가는 바람에…… 불이 붙고 말았지. 그랬더니 생각 이상으로 빠르게 불이 번졌어.

그러니까 내가 하고 싶은 말은, 내가 불을 붙이기 전부터 촌장은 죽어있었다."

"……범인은 따로 있다는 말씀입니까?"

"그렇지 않으면 나도 진실을 밝히지 않았겠지. 범인이라면 숨겼을 거다."

사냥꾼의 발언은 국면을 크게 움직이는 한 수였다.

……범인인 내가 봐도 수수께끼가 하나 풀렸어.

……계속 기묘했던 불에 탄 시신의 수수께끼가 풀렸군. 하지만 방금 변명은 어떻게 된 거지?

너무 다가갔다?

불을 붙인 것이 아니라 촌장의 시신에 다가간 것만으로 불이 붙었다니.

"나는 촌장의 시신을 태우고 말았을 뿐이야. 나는 내게 죄가 있다고 생각하지 않는다. 그 이상으로 우리가 알아내야 하는 건 사인이겠지."

페이의 의심을 아는지 모르는지 사냥꾼이 빠르게 말을 이었다.

"꽃장수, 여기서 이 파란 액체가 열쇠가 된다!"

"무, 무슨 말씀이시죠?!"

"불에 탄 촌장의 시신에는 이 파란 액체가 뿌려져 있었지. 만약 불에 타기 전에 액체가 뿌려져 있었다면 시신이 탈 때 액체 성분은 증발했겠지?"

순서는 명백하다.

① 사냥꾼(케이오스)이 촌장의 시신을 태우고 만다.

② 꽃장수(알리사)가 불에 탄 촌장의 시신을 발견하고 파란 액체를 뿌린다.

그것이 의미하는 바는.

"설마! **숨통을 끊으려고?!**"

"바로 그거다!"

눈이 휘둥그레진 상인(넬)과 그 말에 대답한 사냥꾼.

"23시 넘어 촌장은 피투성이가 되어 쓰러져 있었지. 그리고 26시, 다시 광장에 찾아온 내 앞에 촌장이 숨이 멎은 채 쓰러져 있었어. 그때 내가 촌장을 불태우고 만 건데…… 그리고 26시 너머 꽃장수도 이 광장에 왔다고 추측되는데?"

"……."

여기서 꽃장수(알리사)가 처음으로 입을 다물었다.

반론할 수 없는 것이다.

사냥꾼(케이오스)이 스스로 「26시에 촌장을 불태웠다」고 고백했다. 불에 탄 시신이 파란 물로 젖어있는 이상, 꽃장수가 26시 이후에 광장에 왔다는 것은 마땅히 추측할 수 있다.

"……맞습니다."

꽃장수가 주먹을 꽉 쥐었다.

"……27시 30분. 저는 광장에 와서 불에 탄 촌장님의 시신에 이 액체를 뿌렸습니다."

인정했다.

의문에 감싸여 있던 각 플레이어의 행동이 연쇄적으로 밝혀졌다.

"꽃장수."

그리고 입을 연 사냥꾼.

"너는 **촌장이 살아있다고 생각**한 건가? 한밤중이라 촌장의 생사를 확인할 수 없어 더 확실한 방법을 선택했다. 파란 물을 뿌리는 살해 방법으로."

"아니요! 그건 아닙니다!"

꽃장수의 눈에 불이 켜졌다.

잠자코 있던 때와는 전혀 다르게 무언가를 결심한 표정으로.

"저는 촌장님을 구하려 했습니다!"

"무슨 뜻이지?"

"저도 고백하겠습니다. 사실을 자기 보호를 위해 비밀로 하고 싶었지만 이 파란 물을 들켰으니……."

꽃장수가 팔을 들었다.

농부(미란다)가 든 유리병을 똑바로 가리키고는.

"그 물의 정체는『성수』입니다!"

"……어?"

"……응?"

"……허?"

광장에, 뭐라 형용할 수 없을 정도로 얼빠진 목소리들이 울렸다.

"성수라면, 상인인 나도 모르는 단어인데. 혹시 아나? 요리사."

"아니요, 전혀요."

얼굴을 마주하는 상인(넬)과 요리사(펄).

그건 대체 뭐지?

농부(미란다)와 사냥꾼(케이오스), 부촌장(레셰), 그리고 제빵사인 페이까지 전원이 남들 얼굴을 살피는 와중, 유일하게 꽃장수(알리사)만이 당당하게 가슴을 폈다.

"성수는 **악한 밤의 주민을 없애는 성스러운 물**입니다. 선한 자라면 무해하지만 밤의 주민이 건드리면 곧바로 피부가 타버립니다!"

"뭐, 뭐야?!"

움찔!

지금 이곳에서, 대체 몇 명이 비명을 질렀을까.

"펄, 아니, 요리사! 너 설마……."

"아, 아아아아니에요! 저, 저는 밤의 주민이 아니라고요!"

눈이 휘둥그레진 상인 앞에서 요리사가 다급히 팔을 뒤로 숨겼다.

성수가 떨어져 그을린 팔을.

"이건 그냥 햇볕에 탄 거예요!"

"그럼 어째서 팔을 숨기는 거지?!"

그리고, 그 뒤에서도.

농부와 사냥꾼이 무척이나 겸연쩍은 표정으로 서 있었다.

"……밤 27시 30분, 저는 광장에 쓰러진 촌장님을 발견했습니다. 하지만 한밤중이어서 촌장님이 쓰러져 계신 것만을 알 수 있었습니다."

그리고 지금이라는 듯이 꽃장수가 보고를 개시.

"저는 촌장님을 구하려고 성수를 뿌렸습니다. 성수는 선한 자를 치유하는 힘이 있으니까요. 하지만 그 순간 촌장님이 너무나도 무서운 비명을 지르며 쓰러지셨습니다. ……저는 무슨 상황인지 알 수 없어 도망쳤습니다."

또렷한 꽃장수의 표정.

그 눈과 입이 한치의 거짓도 없다는 것을 알려주고 있었다.

"이렇게 말할 수 있겠죠. 제가 성수를 뿌려 촌장님의 숨이 멎은 거라면, 반대로 촌장님은 어떤 문제를 일으켰을 거라고. 사냥꾼님이 우연히 촌장님께 불을 붙인 것과 마찬가지로 제 행동도 우연이라고!"

"……그렇구나."

조용히 상황을 지켜보던 부촌장이 팔짱을 풀었다.

"진위는 알 수 없지만 사냥꾼이 의도치 않게 불을 붙인 게 무죄라면 꽃장수가 의도치 않게 성수를 뿌린 것도 무죄. 그렇다면 이 촌장을 살해한 범인은 대체 누가 되려나?"

"저는 사냥꾼님의 목격 정보로 돌아가야 한다고 생각합니다."

꽃장수의 손이 꽃바구니 속으로.

그 손이 잡은 것은 꽃이 아닌 바구니 깊은 곳에 숨겨진 수정구슬.

"23시 30분. 촌장님이 피투성이가 되어 쓰러져 계셨습니다. **촌장님을 이렇게 만든 사람이라면 명확한 살의를 품은 살인범**이라 할 수 있을 겁니다. 그 범인 후보는 지금까지의 정보로 볼 때 23시 30분에 현장에 있었던 사냥꾼과 농부는 아닌 것 같습니다. 다시 말해……."

꽃장수가 광장을 둘러보았다.

제빵사(페이), 부촌장(레셰), 요리사(펄), 상인(넬)을 둘러보고서.

"살인범은 이 네 사람 중 누군가……라고 말해야겠지만, 그러고 보니 아직 제 조사 결과를 보고하지 않았군요."

"큭!"

페이의 옆에 떠는 사람이 있었다.

그렇다, 꽃장수가 고른 조사 장소는.

"저는 살인범을 찾아냈습니다. 그건 바로 당신입니다, 상인님!"

"내, 내가 아니다!"

상인의 목소리가 노골적으로 커졌다.

자신은 죄가 없다는 듯한 말투였지만, 그 커진 목소리가 오히려 수상했다.

"무슨 근거로……!"

"이겁니다. 당신의 마차에서 발견한 것을 제시하겠습니다."

꽃장수가 들어올린 정보(아이템) 카드.

그것이 빛나며 꽃장수의 손에 어떤 아이템이 소환되었다.

【『상인의 마차』 정보(아이템) ②】

피로 얼룩진 촛대.

상인의 마차 짐칸에 몰래 놓여있었다.

어떠한 의식에 사용될 법한 불길한 기운이 있다. 이 새빨간 피는 누구의 피일까.

"으아아아아앗?!"

상인이 소리쳤다.

"아니다! 화, 확실히 이건……."

"그렇게 동요하는 것을 보니 자백한 것이나 다름없겠군요."

내몰렸던 꽃장수가 이번엔 내모는 쪽이 되었다.

"이 수상한 촛대에 묻은 새빨간 피는, 대체 누구의 것일까요?"

"……으, 으윽!"

"여러분, 떠올려 주세요. 상인님의 짐에는 총이 있었습니다. 탄환이 하나 사용된 흔적도 있었죠. 그리고 피로 얼룩진 촛대. 모든 것이 알려주고 있습니다. 상인님이 촌장님을 쏴서 이 촛대를 빼앗았을 겁니다!"

"아, 알았다!"

상인(넬)이 손을 내밀었다.

"인정하지. 이 촛대는 확실히 내가 촌장에게서 빼앗은 거다. 하지만 애초에 내 것이었다."

"……뭐라고요?"

"나는 상인이다. 고금동서의 골동품을 소지하고 있지. 하지만 5년 전쯤에 촌장이 이렇게 말했다.『이 마을에 찾아올 재앙을 막고 싶다. 특별한 힘이 있는 의식 아이템을 발견하면 빌려줬으면 한다』고. 하지만 촌장은 약속된 날이 되어도 돌려주지 않아서……."

"죽이고 빼앗은 겁니까?"

"아니다! 아니, 어떤 의미로는 그렇긴 해……."

상인이 주먹을 꽉 쥐었다.

우연일까. 그 각오가 담긴 눈빛은 아까 꽃장수가 보여준 것과 똑같았다.

"……26시경. 나는 촌장을 쐈다."

"쏜 것을 인정하시는 거군요?"

"대치하게 되어 어쩔 수 없었다. 그러나 촌장은 그전부터 중상을 입었었다!"

상인이 부촌장(레셰)을 가리켰다.

"부촌장 공도 말하지 않았나. 시신에는 가슴과 등에 상처가 있다고. 그뿐만이 아니다. **촌장은 마치 전신에 타박상을 입은 듯한 상처까지** 있었다!"

그리고는 벤치를 가리켰다.

촌장을 가리는 가림막을 바라보며.

"나는 촛대를 되찾기 위해 어쩔 수 없었다. 하지만 이 안에 명확한 살의를 품고 촌장을 피투성이로 만든 자가 존재한다. 그 명확한 살의를 품은 자는……."

상인이 몸을 돌렸다.

그리고 팔짱을 낀 남자를 똑바로 응시했다.

"사냥꾼 공! 나는 사냥꾼 공의 집을 조사했다. 그리고 발견했지. 벽에 잔뜩 걸린 대형 총들을."

"음."

지금까지 태연하던 사냥꾼(케이오스)의 눈꺼풀이 움찔 떨렸다.

"……나는 사냥꾼이다. 취미와 실익을 위해 총을 모으는 건 이상한 일이 아니지."

"그럼 이건 어떤가!"

상인이 가방에 손을 찔러 넣었다.

거기서 꺼낸 것은 조사 페이즈 때 손에 넣었을 정보 카드.

【사냥꾼의 집 정보 ②】

테이블에 편지 한 통이 놓여있다.

「촌장의 일정표다.

촌장에게서 눈을 떼지 마. 네가 감시하다 여차할 땐……알고 있겠지?」

이 편지에는 보낸 사람의 이니셜이 적혀있다. 부촌장의 이니셜과 일치한다.

"암살 계획이다!"

광장에 상인의 목소리가 울렸다.

그 목소리에 답하듯 캠프파이어의 불이 더 거세게 타올랐다.

"사냥꾼 공과 부촌장 공은 결탁하고 있었다. 이것이 바로 둘이서 촌장을 암살하려 한 증거!"

의심할 여지가 없다.

사냥꾼(케이오스)과 부촌장(레셰)은 어떠한 이유로 촌장을 감시했던 듯하다.

"흠……."

"이거 들키고 말았네."

사냥꾼이 입을 다물었다.

그리고 동시에 부촌장이 입을 열었다.

"확실히 나와 사냥꾼은 촌장을 감시했었어. 하지만 그건 마을의 실종 사건을 조사하기 위해서였지. 사실 촌장뿐만 아니라 전원을 의심했었어."

"……실종 사건이라는 건?"

“미이프가 말했잖아. 이 마을은 전부터 숨겨진 일이 있었어.”

『이곳은 농장 마을 라타타탄.』
『마을을 덮친 폭풍과 눈사태, 화재 등 촌장의 점술 덕분에 마을은 몇 번의 괴멸적인 위기를 피했습니다. 세 사람 정도 행방불명된 사람이 있었지만~』

“아?! 그러고 보니…….”
상인만이 아니다. 멍하니 이야기를 듣고 있던 꽃장수(알리사)도 지금 막 떠올랐다는 표정으로 입을 크게 벌렸다.
“부촌장인 나는 사냥꾼에게 부탁해 실종 사건의 범인을 찾고 있었던 거지.”
“그래. 나는 촌장에게서도 마찬가지로 범인 색출을 의뢰받았지만, 부촌장과 함께 오히려 촌장이야말로 수상하다고 생각했지.”
계속해서 말을 잇는 사냥꾼.
그 막힘없는 설명을 들으니 도저히 즉흥적인 거짓말인 것 같지는 않았다.
“편지의 이유는 그렇게 된 거야. ……아!”
부촌장이 손뼉을 쳤다.
“이참에 고백하겠는데, 상인이 말한 촌장에게 전신타박상 흔적이 있었다는 정보도 사실이야. 그건 나 때문이었어."

"어?!"

"저길 봐."

장작더미.

정보에 따르면 저 장작에도 작은 혈흔이 있었을 것이다.

"실은 촌장을 감시하려고 장작더미 뒤에 숨었거든. 그러나 내가 부딪혀 장작더미가 무너지고 말았어. 그래서 촌장이 무너진 장작에 깔리고 만 거야……."

"부촌장 공이 한 건가?!"

"고의는 아니야! 실수였어!"

전혀 주눅 들지 않는 모습.

아까 꽃장수(알리사)와 상인(넬)이 「자신은 고의가 아니었다. 그러니 범인이 아니다」라는 변명을 반복했기 때문이다.

촌장에게 명확한 살의를 품은 자가 달리 있을 것이라며.

"시간은 25시 정도였을 거야."

"……25시라."

상인이 턱에 손을 대며 생각에 잠겼다.

"촌장을 노린 진짜 살인범은 그보다도 전에 움직인 게 되겠군. 26시 이후에 촌장과 접촉한 사람이 상인, 사냥꾼, 꽃장수, 여기서 부촌장이 제외된다면 남은 건…… 음? 역시 농부 공이 범인 아닌가?"

"그, 그러니까 내가 아니라는 건 꽃장수 군이 점으로 증명해 줬잖아!"

"차라리 아직 이야기가 나오지 않은 요리사 군과 제빵사 군은 어떠니? 애초에 두 사람이 수상한 정보는 정말로 없는 거야?! 누가……."

"있어."

"어?"

"아니, 내 조사 결과는 아직 말하지 않았잖아."

득의양양한 부촌장.

정보를 아낀 것이 아니라 드러낼 기회를 보고 있었음이 분명하다.

페이는 알고 있다.

……부촌장이 조사한 곳은 내 집이야.

……촌장의 저택에서 봤지.

문제는 어떤 비밀을 발견했는가.

"뭐, 말은 그래도 그렇게 대단한 정보는 아니지만. 자, 이거."

레셰가 꺼낸 정보 카드.

그것이 빛나더니 본 적 있는 아이템을 입체 영상으로 보여주었다.

【『제빵사의 집』 정보(아이템) ②】

의식 아이템 「송곳니 목걸이」.

원래는 다른 누군가의 소유물이었다. 어떤 고대의 의식에 사용할 수 있다.

발견됐다.

제빵사(페이)가 촌장에게서 되찾은 친구의 유품. 살인범으로 확정될 증거는 안 되겠지만 제빵사가 지니고 있는 것은 이상하게 보일 것이다.

"……의식 아이템?"

"……송곳니 목걸이? 제빵사 씨가 그런 물건을요?"

고개를 갸웃하는 꽃장수(알리사)와 요리사(펄).

두 사람은 짐작되는 게 없었던 듯하지만, 상인은 아이템을 보고 안색이 바뀌었다.

"의식 아이템?! 어째서 그걸 제빵사 공이……!"

역시.

피로 얼룩진 촛대를 지닌 상인(넬)이라면 이것이 어떤 아이템인지 알아차릴 것이다.

"……저, 알려주셨으면 합니다."

꽃장수가 조심스럽게 손을 들고서.

"상인님의 『피로 얼룩진 촛대』도 그렇고, 의식이라는 단어가 신경 쓰입니다. 대체 무슨 의식인가요?"

광장에 퍼지는 침묵.

의식 아이템을 잘 아는 사람이야말로 수상하다는 분위기

가 번지고 있다.

……아니, 그렇다고 한다면.

……부촌장은 어째서 「**대단한 정보는 아니다**」라고 말한 거지?

보통은 신경 쓰일 것이다.

의식 아이템이라는 의미심장한 표기. 그것을 레셰가 놓칠 리가 없다. 오히려 비꼰 것이 아닌지 의심되지만 말투는 지극히 평소와 같았다.

……그렇다면 역시 솔직한 해석?

……부촌장**에게는** 대단한 정보가 아니라는 메시지라고 한다면.

그것이 의미하는 것은.

"저도 알고 싶어요!"

침묵을 깨고 요리사가 손을 들었다.

"실은 저도 부촌장 씨의 집에서 비슷한 걸 발견했어요!"

타오르는 불꽃을 등지고 요리사가 들어올린 카드가 빛났다.

【『부촌장』 정보(아이템) ②】

뼈 펜. 피 잉크.

당신은 이것이 무서운 저주의 도구라는 사실을 본능적으로 이해했다.

그러나 무엇인가 부족하다. 펜과 잉크…… 의식에는 무언가 하나가 더 필요하다.

가장 중요한 의식 아이템을 찾아야 한다.

그것은 이 아이템의 진짜 소유자의 부근에 있을 것이 분명하다.

술렁술렁.

그 긴장감에 캠프파이어의 불꽃조차 주눅이 든 듯이 기세가 약해졌다.

"저주받은 도구? ……좋지 않은 예감이 드네요."

꽃장수(알리사)가 미간을 찌푸리며.

"펜과 잉크. 그리고 하나가 부족하다면……『종이』? 지금까지 의식 아이템을 소유한 사람은 상인님, 부촌장님, 제빵사님입니다. 그렇다면 이 세 사람 중 누군가가『종이』의식 아이템을 지니고 있다면 위험할 것 같습니다."

"……그렇게 생각했었는데요."

"네?"

"전 지금 다른 가능성을 떠올리고 있어요."

펄이 힘주어 고개를 저었다.

그 갑작스러운 변화에 눈앞의 꽃장수도 여우에 홀린 듯한 표정이었다.

"……무슨 말씀입니까, 요리사님. 지금 뭐라고 하셨죠?"

“상인 씨하고 부촌장 씨하고 제빵사 씨. 이 세 사람은 『종이』에 관련된 의식 아이템을 갖고 있지 않을 거예요.”

“네?! 그, 그게 무슨 말씀이시죠?”

“그건…….”

펄이 잠시 그 시선을 보냈다.

지금부터 밀담대로 하면 되죠? 그 신호에 고개를 끄덕인 페이는 한 손을 들었다.

“내가 대답하지.”

“제빵사님이? 요리사님과 사전에 정보를 교환하셨던 겁니까?”

“…….”

그 질문에 대답하지 않은 채.

공중으로 날아오른 불똥을 올려다본 페이가 선언했다.

“내가 살인범이다. 그리고 늑대 인간이지.”

“…….”

“…….”

광장이 얼어붙었다.

아무도 입을 열지 않았다. 불똥이 탁탁 튀는 소리만이 퍼지며 그대로 얼마나 시간이 흘렀을까.

“……제빵사 공.”

갈라진 목소리로 간신히 입을 연 사람은 상인(넬)이었다.

"지금 대체…… 느, 늑대 인간이라는 건……."

"말 그대로의 의미야."

멍하니 선 상인에게 가볍게 어깨를 으쓱해 보였다.

뒤이어 다른 모두에게.

"촌장이 살해된 날, 밤 23시 30분. 나는 광장에 있던 촌장을 뒤에서 발톱으로 벴어. 친구의 유품을 되찾기 위해서지. 그게 바로 저거야."

레셰를 가리켰다.

정확하게는 레셰가 든 송곳니 목걸이를 가리키고서.

"이 마을에선 마을 사람이 행방불명되는 사건이 벌어졌어. 늑대 인간인 내 친구도 그 희생자지. 촌장에게 살해당한 거야. 그래서 나는 복수를 위해 마을 사람이 되어 촌장을 공격했다. 그러니 내가 살인범이 되겠지."

"……으, 음……."

상인이 머뭇거렸다.

이렇게 진짜 살인범을 찾아냈다. 제빵사 자신이 자백했으니 분명할 것이다.

그러나.

상인(넬)의 표정이 어두워진 이유가 있다.

……그렇겠지. 어두워지는 게 당연해.

……나는 그 반응을 확인하고 싶어서 말한 거니까.

밀담은 마쳤다.

방금 조사 페이즈에서 잠시였지만 아슬아슬하게 늦지 않았다.

"내일 투표는 다들 내게 표를 줘. 이걸로 마을의 살인범이 밝혀지겠지. 하지만…… **이 게임은 살인범을 알아낸다고 이기는 게 아니야.**"

"그러게, 나도 슬슬 말하려고 했었어."

끼어든 사람은 부촌장(레셰).

"제빵사의 자백은 중요한 정보 중 하나이지만 인간 측의 승리를 확정하는 건 아니야. 정체를 자백한 건 다른 목적이 있는 거지?"

부촌장이 미소 지었다.

"나도 비슷한 생각을 했거든."

"……."

다행이다.

이 이야기를 나눈 것만으로도 이미 충분하고도 넘칠 수확이다.

"이야기를 되돌리지. 우선 나는 살인범이다. 이렇게까지 자백한 이상, 내가 숨길 생각이 없다는 건 다들 이해했을 거야. 그걸 이해한 상태로 방금 이야기로 돌아가고 싶어. **나는 『종이』 의식 아이템을 갖고 있지 않아.**"

"나도 마찬가지야. 가진 건 『피 잉크와 뼈 펜』뿐이지."

"나도 『피로 얼룩진 촛대』뿐이다!"

부촌장에 이어 상인도.

의식 아이템을 지녔던 세 사람이 마지막 의식 아이템을 지니고 있지 않다고 주장했다.

"……하, 하지만, 그럴 수 있을까요?"

손에 꽃바구니를 든 채로 꽃장수가 머리를 감싸 쥐었다.

"살인을 자백한 제빵사님은 둘째치고, 부촌장님과 상인님이 의식 아이템을 숨기고 있을 가능성은…… 아직 있을 것 같은데……."

"하나 더 있잖아."

"네?"

"저기 말이야."

꽃장수(알리사)에게 페이는 광장의 한 곳을 가리켰다.

사방을 둘러싼 가림막.

"저, 저기엔 촌장님의 시신밖에 없습니다!"

"그 촌장이라고."

상인(넬)이 지녔던 『피 잉크, 뼈 펜』에는 이런 설명이 있었다.

「가장 중요한 의식 아이템을 찾아야 한다.」

「그것은 이 아이템의 진짜 소유자의 부근에 있을 것이 분명하다.」

게임이 시작될 때 모든 의식 아이템을 소지하고 있던 사람은 누구였는가.

촌장의 시신에는 아직 비밀이 있다.

“그럼 나는 제빵사 군의 이야기에 찬성해 볼까?”

농부(미란다)가 그렇게 말했다.

무척이나 모호한 말투와 쓴웃음을 떠올린 채.

“나도 고백하자면 촌장에게 의식 아이템을 사용하는 방법을 알려준 건 나였어.”

“뭐라고?!”

“……아, 사실 나는 오컬트에 관심이 많은 농부거든. 자백하자면『피』연구를 정말 좋아해. 내 목격담도 있었잖아?”

어째서인지 대량으로 저장된 레드 와인.

손에 묻은 촌장의 피를 핥았다는 목격 정보.

농부의 발언은 지금까지 수상하게 행동한 이유를 설명하는 것이기도 했다.

“촌장이 물어봐서 의식 아이템을 사용하는 방법을 알려줬지 뭐니.”

실수였다는 듯이.

농부가 자조적인 얼굴로 어깨를 으쓱했다.

“재앙으로부터 마을을 지키고 싶다고 했거든. 의식 아이템은 인간이 쉽게 손에 넣을 수 있는 물건이 아니야. 그러니 나쁜 건 의식 아이템을 건네준 상인 군이야!”

"농부 공도 마찬가지면서?!"

"……농담은 여기까지 하고."

팔짱을 낀 농부가 벤치 쪽을 힐끔 보았다.

"지금까지 모든 의식 아이템이 촌장에게서 발견됐어. 마지막 것도 촌장이 가지고 있을 가능성이 크겠지. 밤의 자유 시간에, 만약 조사할 수 있는 사람이 있다면 촌장을 조사해보는 게 어떻겠니?"

"그리고 내가 하나 추가해도 될까?"

이제 시간이 얼마 없다.

활활 타오르던 캠프파이어의 불꽃이 이제는 촛불 정도까지 약해져 있다.

"촌장의 저택을 조사한 건 나뿐이야. 하지만 세 번의 조사로 발견하지 못한 게 있어. 실제로 존재하는지 알 수 없지만 가지고 있는 사람이 있으면 손을 들어줘."

"음? 제빵사 공, 그건……."

"창고 열쇠야."

촌장의 저택에 있던 헛간.

늑대 인간의 발톱으로도 부술 수 없을 정도로 단단한 자물쇠로 닫혀 있었다.

"촌장의 저택에는 정원이 있어. 거기에 커다란 창고가 있었지. 열쇠가 있으면 만약을 위해 도전해보고 싶어. 창고 열쇠가 어디 있는지 아는 사람은?"

아무도 손을 들지 않는다.

그러나 이미 예상했던 범위다.

창고 열쇠를 지닌 사람은 촌장이겠지만 촌장의 저택을 조사한 자신이 찾지 못한 시점에서 발견되지 않은 이유가 있을 것이다.

"알겠어. 고마워. 만약 발견하면 알려줬으면 해. 내가 할 말은 여기까……."

"제빵사 공! 마지막으로 알려줬으면 한다!"

상인이 **마음을 굳힌 표정으로** 외쳤다.

"제빵사 공이 살인범이라면…… 역시 자백한 것이 이해가 안 된다. 범인이라면『발견되어선 안 된다』는 미션이 있어야 할 텐데?!"

"물론 있었어. 거기다 늑대 인간의 정체를 숨긴다는 미션도 있었지."

"아! 그럼 어째서……."

"정체를 숨겼다간 이길 수 없으니까. 그게 신이 노린 패배 루트였어."

"……?!"

상인이 주춤했다.

마치 비명 같은, 동요한 듯한 목소리로.

"그게 무슨 의미인가, 제빵사 공?!"

"……."

뒤를 힐끔 돌아보았다.

그렇게나 강하게 타올랐던 캠프파이어의 불이 꺼져간다. 장작이 재가 되고 마지막 불똥이 밤하늘로 빨려 들어갔다.

"보다시피 나는 범인으로서의 미션을 포기했어. 그 이유는……."

이제 시간이 없다.

그러니 단 한 마디로 전한다면.

"이건 미션을 포기하는 게임이었어."

『거기까지!』

『보고 페이즈는 종료되었습니다. 여러분, 하늘을 봐 주세요.』

미이프를 따라 고개를 드니 어느샌가 이상할 정도로 어두운 밤하늘이 되어 있었다.

거기다.

이 검은 밤하늘은 어젯밤보다도 훨씬 진했다.

『마지막 밤입니다.』

『여러분, 각자의 집에서 찬찬히 추리해 주세요.』

사건 2일 차 『밤』 개인 시간

조사 페이즈 시간이 끝났다.

플레이어 회의가 끝나고 각자의 집으로 돌아갔다.

"……마지막 밤인가."

페이도 집으로 돌아갔다.

이 굴뚝이 빵집의 트레이드마크이지만, 지금부터 제빵사라는 가짜 모습을 벗어야만 한다.

『자, 기대하시던 시간이 돌아왔습니다!』

집으로 돌아온 순간 공중에서 미이프의 목소리가 울렸다.

『진정한 모습으로 돌아와 밤이 된 마을을 배회할 때입니다!』

"아, 잠깐. 참고로 늑대 인간으로 돌아가지 않고 인간인 채로 있는 것도……."

『변신 스타트!』

"강제였어?!"

온몸이 빛에 휩싸였다.

그리고 귀여운 늑대 인형 옷차림으로.

"……아, 그렇군. 늑대 인간이라고 자백한 뒤라서 강제 변신하는 건가."

아직 부족하다.

자신이 늑대 인간이라는 것뿐이 아니다. 전해야 할 일이 산더미처럼 많다.

……하지만 그럴 시간이 없겠지.

……이 밤 시간, 내가 모두에게 말하려 해도 시간이 부족해.

그러니 추리자.

자신이 밤에 만나야 하는 플레이어는 두 사람.

『밤의 자유 시간입니다. 늑대 인간의 능력을 사용하시겠습니까?』

"물론."

능력 1『피의 추적』: 밤 동안 피 냄새가 부착된 플레이어를 찾아낸다.

"나는『피의 추적』을 발동하겠어!"

곧바로 떠오르는 붉은 안개.

촌장의 피 냄새를 알려주는 그것은 공중을 떠돌며 현관을 빠져나가 밖까지 이어졌다.

……어제와 같아.

……하지만 어제와 다른 게 하나 있지.

그것은 붉은 안개가 하나밖에 없다는 것.

그 하나는 똑바로 광장 쪽으로 이어져 있었다. 그렇기에.

『자, 추적 시작입니다!』

"추적하지 않겠어."

『네?』

"이 피 냄새는 광장에 있는 촌장의 시신에서 나는 거잖아?"
어제와 마찬가지로 피 냄새를 추적해도 광장에 있는 촌장의 시신에 도달할 뿐.

시간을 낭비하게 된다.

능력에 따르는 것만이 반드시 최선의 행동인 것은 아니게 됐다.

"피 냄새가 하나인지만 확인했으면 됐어. 그러니 나는 이쪽이다."

붉은 안개를 등지고 다른 길로 전력을 다해 달렸다.

"제발 있어라!"

밤하늘에 외친 페이는 언덕길을 올랐다.

사건 2일 차 『밤』 개인 시간 —꽃장수 알리사—

『자, 고대하던 시간이 왔습니다!』

꽃들로 가득한 거실.

미이프의 목소리가 울리자 꽃장수 알리사는 바구니에서 수정구슬을 꺼냈다. 그것을 정성스럽게 닦고 작은 쿠션 위에 올리면 준비 완료.

『점술 능력을 사용하시겠습니까?』

"……사용할 수 있는 거죠?"

『물론입니다! 어젯밤과 마찬가지로 당신은 점술 능력을

쓸 수 있습니다.』

“알겠습니다.”

능력을 쓸 수 없을지도 모른다.

그렇게 각오한 꽃장수에게 이것은 무척 좋은 소식이었다. 부촌장(레셰)의 능력으로 방해받을 가능성도 있었으니까.

……나는 부촌장이나 상인이 의식 아이템을 숨기고 있을 가능성을 의심했어.

……만약 부촌장이 숨기고 있었다면 여기서 점술을 막았을 거야.

봐도 돼.

부촌장은 그렇게 말하고 있다. 다시 말해 부촌장은 의식 아이템을 지니고 있지 않으며 꽃장수를 아군이라고 생각한다는 뜻이다.

“제가 점칠 사람은 상인 한 명으로 좁혀졌습니다. 이건 큰 힌트……!”

후회되는 것은 아까의 보고 페이즈.

시간이 부족했다.

제빵사(페이)가 어째서 범행을 자백했는지, 그 이유를 들을 수 있었더라면…… 따라서 그녀는 자신이 의심받지 않도록 조사를 계속할 수밖에 없다.

“……제빵사는 늑대 인간이라고 말했었죠.”

실은 그 자백에 꽃장수(알리사)는 놀라기는커녕 이해가 됐다.

그 이유는 바로 성수.

그 물의 존재야말로 늑대 인간이라는 밤의 주민이 있다는 것을 시사하고 있기 때문이다.

"……그렇다면, 의식 아이템이라는 것은?"

의식 아이템이란 무엇일까?

송곳니 목걸이. 피로 얼룩진 촛대. 뼈 펜과 피 잉크.

이렇게 많은 의식 아이템이 마련된 이상, 이야기에 깊게 관여하고 있을 것이다. 그런데도 아직 용도를 알 수 없는 것이 마음에 걸렸다.

……의식 아이템을 조사하려면 점을 볼 유력 후보는 부촌장, 상인, 농부.

……조사할 수 있는 건 단 한 명.

마을 재판에서 추방당할 수는 없다. 자신의 결백을 증명하기 위해선…….

"정했어요."

수정구슬에 손을 올렸다.

어렴풋이 빛나는 구슬의 중심에 꽃장수가 정한 플레이어의 얼굴이 떠올랐다.

사건 2일 차 『밤』 개인 시간 —상인 넬—

말 울음소리가 차가운 밤하늘에 울렸다.

상인의 마차.

넬이 무거운 발걸음으로 도착함과 동시에 미이프의 목소리가 울렸다.

『자, 상인님! 어젯밤과 마찬가지로 당신은 아이템 탈취 능력을 쓸 수 있습니다.』

"……그렇군."

『능력을 사용하시겠습니까?』

상인의 능력은 마을 사람 한 명이 소지하고 있을 아이템 이름을 선언해 빼앗는다.

능력 1『선천적인 상인』: 마을 사람 한 명이 소지하고 있을 아이템을 선언.
그 한 명이 해당 아이템을 지녔을 경우, 그것을 빼앗는다.
(아이템명을 정확하게 지정할 필요는 없음)

어젯밤, 상인(넬)은 자신의 총을 되찾았다.

두 개 이상의 아이템을 모으는 것, 그것이 미션 중 하나이기 때문이다.

나아가 이 총은 자신이 **사용한 흉기이다.**

이것이 증거가 되어 자신이 마을에서 추방당할지도 모른다. 그것을 걱정한 자기방어였지만, 결과적으로 그 불안은 기우에 그쳤다.

살인범이 자백하며 나섰기 때문이다.

「내가 살인범이다.」
「밤 23시 30분, 나는 광장에 있던 촌장을 뒤에서 공격—.」

"……정말 그래도 괜찮았던 건가?"
마차의 짐칸을 돌아보았다.
제2 조사 페이즈에서 꽃장수에게 발견되기 전까지 여기에는 의식 아이템 「피로 얼룩진 촛대」가 있었다.
살인 사건 당일, 넬이 촌장에게서 다시 빼앗아 온 것이다.
……거짓말은 하지 않았다.
……나는 상인으로서 촌장에게서 그 의식 아이템을 되찾아온 것뿐이야.

「내가 촌장을 쏜 시간은 26시.」
「나는 촌장을 쐈다. 그러나 촌장은 그전부터 중상을 입었었다.」

촌장은 죽어가고 있었다.
아마도 촌장은 제빵사의 공격으로 중상을 입었고, 결과적으로 자신이 숨통을 끊은 식일 것이다.
……내가 잘못 들은 게 아니라면 제빵사 공은 자신을 「늑

대 인간」이라고 했었지.

……아무도 되묻지 않는 게 불안했는데.

그때 되묻는 것이 무서웠다.

뭔가 불필요한 말까지 해버릴 것 같은 그런 분위기가 있었다.

"……큭! 아니, 뭘 두려워하는 건가! 말해야 했었던 건가?!"

충동적으로 머리를 긁어댔다.

시간순으로 생각해 보자.

밤 23시 : 제빵사[페이](늑대 인간)가 촌장을 공격했다.

밤 23시 30분 : 피투성이가 된 촌장을 농부[미란다]와 사냥꾼[케이오스]이 발견.

밤 26시 : 간신히 살아있던 촌장을 쏘고 의식 아이템을 빼앗은 사람이 상인[넬].

여기까지는 확실하다.

그 후에 일어났을 방화나, 성수 같은 것은 알 수 없다.

한 가지 확실한 것은.

"마지막에 죽인 것은 바로 나이지 않은가."

제빵사만이 명확한 살의를 품고 있었다.

그렇기에 진짜 살인범이라는 논리도 이해한다.

그러나 자신은? 촌장에게서 촛대를 되찾으려고 총을 겨눴을 때, 정말로 살의가 없었다고 할 수 있을까?

"애초에 페이 공이 늑대 인간이라고 자백한 것은 뭔가를 노리고 한 일이다…….”

신이 노린 패배 루트란?

정체를 숨기고 있으면 이길 수 없다는 것은?

말 그대로 해석하자면 제빵사의 자백은 철두철미하게 플레이어의 승리를 노린 것. 신의 계획을 저지하는 의도가 있다는 것이다.

그 이유는.

『능력을 사용하시겠습니까?』

“읏!”

미이프의 목소리에 정신이 들었다.

행동하려면 빠르게. 그렇게 생각한 순간, 넬은 가슴에 응어리졌던 위화감을 깨달았다.

“……잠깐. 이상하다. **이 능력은 무엇을 위해 있는 거지?!**”

게임으로는 단순하고 명쾌하게 설명할 수 있다.

미션 달성을 위해서다.

그 이유는 상인에겐 「아이템 두 개 이상을 모을 것」이라는 미션이 존재한다.

……내겐 제일 간단한 방법이다.

……오늘 밤 아이템을 빼앗으면 달성할 수 있어.

다른 세 가지 미션은 마지막까지 달성할 수 있을지 너무나도 불투명하다.

그러나.

실제로 사용해 보고서 실감했다.

이 능력은 너무나도 강력하기에 오히려 불화를 일으키지는 않을까?

……내가 미션을 달성했다 치자.

……그러나 빼앗은 아이템이 누군가의 미션에 필요한 것이라면?

그 점이 문제다.

어젯밤에 빼앗은 총은 애초에 상인의 총이었지만 다른 아이템은 전부 중요할 것 같은 물건뿐이다.

【아이템 소유 상황 : 정보 카드는 제외】

부촌장 — 송곳니 목걸이(의식)

제빵사 — 없음

요리사 — 뼈 펜과 피 잉크(의식)

사냥꾼 — 점비약

농부 — 성수가 든 유리병

꽃장수 — 피로 얼룩진 촛대(의식)

의식 아이템 세 개, 점비약과 성수.

의식 아이템은 분명 중요할 것이다. 점비약도 요리사가 능력을 사용할 때 필요한 핵심 아이템이다. 성수에도 강력한 힘이 담겨 있다.

그렇기에 함부로 빼앗을 수 없다.

어느 아이템이 누구의 미션인지 알 수 없기 때문이다.

……만약 내가 능력을 사용하지 않았다 치자.

……그 결과, 내가 미션을 하나도 달성하지 못한다면 동료들을 볼 면목이 없다.

어떡할까.

여기서 자신의 목표를 확실하게 달성할 것인가, 그게 아니면.

“제길! 대체 어떻게 해야!”

탁.

머리를 싸맨 순간, 누군가가 어깨를 붙잡았다.

“으앗?!”

비명을 지르며 펄쩍 뛰었다.

너무나도 갑작스러워 심장이 멎는 줄 알았다.

“……레셰 공?”

“지금은 부촌장이야.”

살랑거리는 주홍색.

한밤중인데도 빛나는 머리카락을 지닌 부촌장이 두 손을 허리춤에 올리고 서 있었다. 밤 시간에 몰래 찾아온 목적을 알 수 없었다.

그러나, 동시에.

상인은 안도했다.

능력을 사용하는 모습을 보인다면 분명 큰 소동이 벌어졌을 것이다.

"무슨 일인가, 부촌장 공. 밀담이라도 하러 온 건가?"

"밀담이라고 하면 밀담이지. 잠깐 교섭하러 왔어."

그렇게 말하고서.

부촌장이 발밑 그루터기에 가볍게 걸터앉았다.

"이 게임에서 인간 측이 승리하는 조건, 생각하고 있지?"

"윽. 그래, 물론이다."

일곱 명 전원이 적어도 하나의 미션을 달성하는 것.

바로 그 승리 조건 때문에 지금 고민하고 있었다.

"단도직입적으로 묻겠는데, 상인의 미션은 뭐야?"

"아, 안 된다! 그걸 말할 수는 없어!"

미션 카드의 제시는 금지되어 있지만 미션 공유는 금지되어 있지 않다.

그러나 아니다.

상인의 미션은 **미션을 알려줄수록 달성할 수 없는 것**뿐이기 때문이다.

"말하면 미션 달성이 어려워지는 거구나?"

"……윽?!"

날카롭다.

"부촌장 공은 어떤가? 자신의 미션을 말할 수 있나?"

"세 가지는 말할 수 없어."

부촌장이 가슴에 손을 얹고 미소 지었다.

"내 미션은 네 가지. 그중 세 가지는 말할 수 없지만 남은 하나는 말해도 괜찮아."

"……!"

이것은 상인에게 무척이나 유리한 정보다.

미션의 수가 같다.

어쩌면 플레이어의 미션 수는 「넷」으로 통일된 것일 수도 있다.

"더 빨리 말하면 좋았을 텐데 보고 페이즈의 시간이 절묘하게 짧았거든. 그리고 내가 말할 수 있는 미션은 능력에 관련된 거야."

부촌장(레세)의 능력은 마을 사람 한 명의 능력 사용을 방해하는 것.

어젯밤에는 요리사(펄)를 선택했다.

"내 미션은 『총 두 명 이상의 능력을 방해하는 것』이야."

"똑같다!"

머리로 생각하기 전에 입이 외쳤다.

미션은 전부 네 가지. 그중 하나는 능력에 관련된 것. 이것은 모든 플레이어가 공통된 것으로 추측된다.

그렇다면 자신도 공개할 수 있다.

"……알았다. 그럼 나도 솔직하게 말하지. 『마을 사람 둘 이상에게서 아이템을 모을 것』이라는 미션이 있다."

"흐음?"

흥미진진하게 고개를 끄덕이는 부촌장.

그러는가 싶더니 팔짱을 끼며 히죽히죽 웃는 것이 아닌가.

"정말 짓궂은 장치네."

"……?"

"그냥 혼잣말이야. 그리고 지금부터가 본론인데, 나하고 교섭하자."

"교섭?"

"네 미션을 달성하게 도와줄게."

부촌장이 꺼낸 아이템 카드.

거기엔 예리한 송곳니 액세서리가 그려져 있었다.

"『송곳니 목걸이』?!"

"이걸 조건 없이 줄게. 아, 참고로 제빵사한테 허가받았어. 아까 달려오다 길에서 만났거든."

길에서?

집안이 아니라 길에서 마주쳤다는 것은 제빵사도 어떤 이유가 있어 밖으로 나온 걸까?

"이 아이템을 받으면 미션을 달성할 수 있지?"

"그, 그건 그렇다만……."

"나한텐 필요 없고 제빵사도 필요 없대. 달리 원하는 플레이어가 있는 것도 아니니 상관없잖아."

"……."

한동안 생각에 잠겼다.

송곳니 목걸이는 원래 제빵사(늑대 인간)의 물건이다. 그 제빵사가 필요 없다고 말한 이상 여기서 주저할 이유가 없다.

"알았다! 그럼 내가 그 아이템을 받지! 아까 교섭이라 했는데, 나는 뭘 하면 되지?"

"정말 간단한 일이야."

부촌장이 어딘가를 가리켰다.

가리킨 곳에 있는 것은.

"상인의 능력으로 **아이템을 빼앗았으면 하는 상대가 있어.**"

사건 2일 차 『밤』 개인 시간 —사냥꾼 케이오스—

벽에 잔뜩 걸린 총.

통나무로 만든 오두막 안에서 사냥꾼을 연기하는 케이오스는 눈을 감고 소파에 앉아 있었다.

"……."

떠올려라.

광장의 보고 페이즈.

많은 진실이 밝혀졌지만, 그중에서도 가장 큰 것이 제빵사(페이)의 자백이었다.

「내가 살인범이다. 그리고 늑대 인간이지.」

「창고 열쇠를 지닌 사람이 있으면 알려줬으면 해.」

우선 첫 번째.

제빵사의 의도는 명백하다. 그 이유는 **먼저 유도한 것이** 사냥꾼이며, 그 의미를 깨달았기에 자백했을 것이다.

……따라서 생각해야 하는 건 후자야.

……촌장의 저택에 창고가 있고, 그 열쇠를 찾고 있다고 했지.

애초에 게임 시스템상, 창고가 정말 열리기는 할까?

존재는 해도 특수 아이템일 것이다. 입수가 곤란한 덤 아이템이 분명하다.

……발견된다고 한다면 촌장의 시신이나 저택인가.

……어쨌든 정보 ⑥, 정보 ⑦에 해당할 정도의 발견 난이도일 것이다.

문이 열리지 않는다.

그것을「봉인됐다」고 생각하면 그 문을 열기 위한 난이도를 쉽게 상상할 수 있을 것이다.

전원이 촌장을 일제히 조사해야 간신히 손에 넣을 수 있는 그런 난이도.

"내 능력으로 한 번 더 조사할 수는 있지만……."

그것으로 손에 넣을 수 있는 것은 고작 정보 ③이나 ④일 것이다.

귀중한 능력을 헛되이 낭비할 가능성이 큰 이상, 함부로 노릴 수는…….

똑똑.

밖에서 문을 두드리는 소리에 사냥꾼이 소파에서 일어났다.

“저예요.”

“……페이?”

문을 열었다.

거기에 있는 것은 제빵사…… 아니, **늑대 인간 의상을 입은 페이**였다.

“상당히 귀여운 모습이군. 그게 늑대 인간이라는 건가?”

“네, 밤에는 돌아갈 수 없는 모양이라서요.”

인형 탈을 쓴 페이가 쓴웃음을 떠올리고서 말을 이었다.

“선배와 밀담을 나누려고요.”

“……낮의 보고 페이즈도 그렇고, 과감한 행동이군.”

사냥꾼 앞에 늑대 인간 모습으로 나타났다.

정체를 숨기는 미션을 포기했다는 말을 행동으로 증명한 셈이다. 그렇다면 제빵사의 목적은……?

“시간이 아까우니 단도직입적으로 말해.”

“그럼 선배, 이 아이템. 갖고 싶지 않나요?”

“뭐?!”

“총이에요.”

페이가 손에 든 것은 총이었다.

그것을 건네려는 듯이 내밀고서.

"**총을 모으는 게 선배의 미션** 아닌가요?"

"……호오?"

정답이다.

사냥꾼에게는 「자신의 총을 빼앗기지 않고 타인의 총을 하나 이상 모을 것」이라는 미션이 존재한다.

"흥미롭군. 왜 그렇게 생각하지?"

"낮에 떠올랐어요. 상인이 『사냥꾼의 집에 총이 잔뜩 있다』고 보고했잖아요? 그리고 선배가 첫날 밤에 누구를 조사했는지 신경 쓰였죠."

"농부야."

"그래요. 사건 날 밤 23시 30분. 피투성이가 된 촌장의 앞에는 농부가 있었죠. 다시 말해 농부가 촌장을 공격한 범인이라면 농부의 집에서 흉기가 발견될 가능성이 제일 크죠. 그래서 선배는 총을 원하는 것 같았어요."

조사한 곳에서 동기를 추측했다면 그 예측은 정확하다. 그러나.

제빵사는 언제 총을 손에 넣었을까?

"촌장의 저택에서 입수한 거야?"

"아니요, 그냥 물물교환으로요. 어떤 플레이어에게서 받았죠."

"뭐?"

불가능하다.

제빵사는 아이템을 갖고 있지 않았을 것이다. 촌장의 저택을 조사한 제빵사는 정보는 발견했지만 물물교환할 수 있는 아이템은 소지하지 않았었다.

일방적으로 받았을까?

아니다.

만약 그렇다면 「양도」. 혹은 정보와 교환했다면 「교섭」이라고 말했을 것이다.

……페이가 물물교환이라는 단어를 고른 건 이유가 있어.

……그렇다면 나를 찾아오기 전에 뭔가를 했군.

"내게 총을 건네는 대신 협력을 요청하려는 건가?"

"맞아요."

제빵사가 벽에 걸린 시계를 힐금 엿보았다.

"가능하면 바로 부탁해요. 저는 이 밤이 끝나기 전에 한 곳 더 찾아가야 하니까요."

사건 2일 차 『밤』 개인 시간 ―농부 미란다―

밭에 둘러싸인 농부의 집.

"……이런."

와인병이 가득한 방에서 농부를 연기하는 미란다는 한숨

을 크게 쥐었다.

테이블에는 파랗게 빛나는 액체가 담긴 유리병이 놓여 있었다.

낮의 조사 페이즈에서 꽃장수에게서 압수한 물건이다.

"이거 곤란하네. 분명 곤란하다고! 하아……."

유리병을 쥐었다.

다만 실수로 내용물인 액체가 흘러나오지 않도록. 이것이 흐르면 큰일이 벌어진다.

꽃장수(알리사)의 말에 따르면 이것은 「성수」다.

"무서운 극약이라고 생각했는데 설마 성수일 줄이야. ……그렇다면 낮에 있었던 일로 꽃장수 군은 날 의심하겠지……."

농부에겐 비밀이 있다.

어떤 이유로 자신은 성수를 건드릴 수 없는 몸이다.

"꽃장수 군은 점술사고 어젯밤 일을 볼 수 있는 힘이 있어. 그제 밤은 어떻게든 넘어갔지만, 만약 어젯밤을 점친다면……! 큰일이야, **그걸** 들킬 거야!"

성수가 든 유리병을 놓고 농부는 몸부림쳤다.

보이고 싶지 않은 것이 있다.

쓰러진 촌장의 피를 핥은 순간 이상으로.

……제빵사 군이 늑대 인간이라고 자백했으니까.

……꽃장수 군이 다른 플레이어를 더 조사하고 싶어 해

도 이상하지 않아!

"어떡하지, 어떡하지? 나는 죄가 없다고. 하지만 어젯밤의 그걸 보면 분명 의심할 텐데……."

다시 꽃장수가 농부의 점을 친다면 확실하게 범인으로 몰릴 것이다.

『농부님.』

그때.

그런 농부에게 미이프의 안내 음성이 들렸다.

"왜? 미안하지만 이쪽은 생각하느라……."

『당신의 능력으로 촌장님의 시신을 조사할 수 있습니다. 어떡하시겠어요?』

"아! 맞아, 능력이야!"

미이프의 말을 듣지 않았더라면 이번 밤에 계속 고민했을지도 모른다.

능력 1『시신은 이리도 아름답게』: 추가로 광장에서 촌장의 시신을 검사를 할 수 있다.

이것은 조사 페이즈의 조사와 같은 효과를 얻는다.

이것은 촌장 조사에 특화된 능력이다.

자신의 결백을 증명하려면 유력한 정보를 발견해 게임 공략에 공헌하면 된다.

"제빵사 군이 말했었지. 『창고 열쇠를 지닌 사람이 없느냐』고. 만약 존재한다면 분명 촌장이 지니고 있을 거야!"

창고 열쇠를 찾는다면 그야말로 막대한 공헌일 것이다.

다만.

농부의 능력은 『광장』이라는 문맥이 성가시다.

어젯밤에도 그랬다. 이 힘을 사용한 농부가 얻은 것은 「광장에서 장작더미의 밧줄이 잘려있다」는 정보였다.

……얻을 수 있는 건 촌장의 정보만이 아니야. 촌장 주변의 광장도 포함돼.

……창고 열쇠를 정확하게 발견할 수 있을지는, 운에 달렸나?

어쨌든 움직이지 않으면 시작되지 않는다.

"광장으로 가자!"

여기에 미이프는 없지만 만약을 위해 그렇게 선언하고서 집을 나섰다.

불빛 하나 없는 미포장 도로.

돌멩이와 풀이 발에 걸렸지만 아랑곳하지 않고 바람처럼 달렸다. 그렇게 달리길 수십 초, 광장이 보이기 시작했다.

"좋아, 아무도 없어."

안도의 한숨.

누군가가 본다면 또 어떤 혐의를 받을지 알 수 없다. 주변을 꼼꼼히 살피며 벤치 옆 가림막에 다가갔다.

불에 탄 촌장의 시신.

그 표면에 손을 댔다.

"능력 발동! ……어라?"

아무 일도 일어나지 않는다.

『설명하겠습니다!』

미이프가 하늘에서 내려왔다.

『당신은 능력을 사용해 불에 탄 촌장의 시신을 확인했습니다. 그러자…….』

"그러자?"

『아무것도 발견되지 않았습니다.』

"너무하잖아!"

능력 실패.

그런 불안감이 떠오른 농부의 앞에 미이프가 시신 옆을 가리켰다.

벤치였다.

『저길 보세요.』

"응? 이 꼬깃꼬깃한 천…… 아니, 옷? 설마……!"

『불에 탄 촌장의 시신에서는 새로운 정보를 얻을 수 없었지만 당신은 벤치 아래에 촌장의 상의가 떨어져 있다는 사실을 깨달았습니다.』

"호오?"

촌장의 것치고는 오래된 상의였다.

바느질로 몇 번이고 수선한 흔적이 있었다. 그 상의를 들어 올리니.

『들어올린 순간, 당신은 이 상의가 살짝 무겁다는 것을 깨달았습니다.』

"창고 열쇠구나!"

안쪽 주머니를 뒤졌지만 열쇠가 아니었다.

미란다의 손으로 전해진 감촉은 열쇠보다 몇 배는 크고 두꺼웠으며 사각형인 물체…….

【『촌장』 정보(아이템) ③】

의식 아이템 「검은 사문서(死文書)」.

「양 X마리와 교환하여 영혼 하나를 되찾는다.」

그 책은 건드린 순간.

농부(미란다)의 손에 전해진 것은 오싹해질 정도의 오한.

"이, 이게 뭐야?!"

다급히 손을 뗐다.

칠흑의 표지로 만들어진 책이 공중으로 떠올랐다가 천천히 농부의 발밑으로 떨어졌다.

바로 그 순간.

광장의 종이 울리기 시작했다.

무슨 일인가 벌어졌다.

분명 자신이 이 아이템을 발견했기 때문이다.

"……위, 위험한 일이 벌어지는 거 아니니?!"

『네~ 여러분.』

광장 위를 떠도는 두 미이프.

각각 새빨간 확성기를 들고서.

『밤의 자유 시간 중이지만, 여러분께 전달 사항이 있습니다.』

크게 울리는 소리.

마을 전체, 플레이어 전원을 향한 전체 공지일 것이다.

『지금부터 광장을 폐쇄합니다.』

"뭐?!"

『광장에 계신 분은 서둘러 이동해 주세요. 구체적으로는 농부님.』

"거기다 전부 까발리잖아?!"

『농부님도 이동해 주세요. 자, 빨리요, 빨리.』

미이프에게 등을 떠밀려 순식간에 광장 밖으로. 너무나도 갑작스러운 전개에 항의라도 하고 싶은 상황이었지만 그 이상으로 호기심이 강해졌다.

어째서 광장이 폐쇄됐을까?

무슨 일이 벌어지려는 것일까?

"저, 저기! 광장에서 나갈 테니 적어도 설명을!"

『심야 이벤트가 발생했습니다.』

"심야 이벤트?!"

그것이 무엇인지 물으려 한 미란다의 몸이 공중으로 떠올랐다.

쿵!

공기를 뒤흔들 듯이 커다란 소리가 울리며 지면이 뒤집힐 듯한 진동.

"아! 으앗?!"

쿵! 쿵! 몇 번이고 대지가 흔들렸다.

돌멩이가 튀어 오르듯 몸이 공중으로 떠올랐다가 중심을 잃는 바람에 넘어질 뻔했다. 그러고 보니 같은 현상이 어젯밤에도 일어났었다.

"이, 이게 뭐야?! 잠깐만!"

『네, 이제 끝났습니다. 광장으로 돌아가셔도 됩니다.』

"……응?"

갑자기 멈춘 진동.

심야 이벤트가 시작되고, 벌써 끝난 걸까? 방금 굉음과 어떤 관계가 있을까?

"……광장으로 돌아가도 되니?"

『물론입니다.』

미이프 둘이 광장 안에서 손짓했다.

그 말에 따라 벤치 앞까지 돌아오고서.

“~~?!”

미란다는 소리 없는 절규를 했다.

사라졌기 때문이다.

불에 탄 촌장의 시신이.

의식 아이템 『검은 사문서』와 함께 광장에서 홀연히 사라졌다.

Chapter

Player.4 VS 초수 니벨룽 —게임에 거짓말은 할 수 없어—

God's Game We Play

1

심야 이벤트 발생???

사건 3일 차『아침』.

마을 사람(플레이어)이 광장에 모였을 때, 촌장의 시신은 사라져 있었다.

누군가가 증거 은폐를 위해 없앴을까……?

"이건……?!"

맑고 푸른 하늘 아래.

플레이어가 모인 광장에 상인(넬)이 벤치를 가리켰다.

"불에 탄 촌장의 시신이 사라졌다. 농부 공, 어젯밤엔 광장에 혼자 있었던 모양이다만?"

"오해야.

부, 분명 그런 소리를 들을 줄 알았어."

농부는 그다지 동요하지 않았다.

자신이 의심받을 것을 알고 있었기에 어젯밤에 각오해

둔 모양이다.

“내가 뭔가 한 게 아니라, 그렇게 여겨지게끔…….”

『네~ 좋은 아침입니다!』

『마지막 날 아침이에요.』

미이프 둘이 내려왔다.

광장에 모인 일곱 플레이어를 둘러보고서.

『마지막 날에는 어제까지 있었던 조사 페이즈는 없습니다.』

『대신 추리 페이즈가 존재합니다. 여러분의 지혜와 정보를 활용해 게임 승리를 향해 마음껏 의견을 교환해 주세요.』

『그것이 끝나면 투표 페이즈입니다.』

『마을 사람 한 명을 추방하는 것으로 이야기는 엔딩을 맞이합니다.』

추리 페이즈.

플레이어 전원이 이때를 위해 준비했을 것이다.

지금은 아직 제각각인 「정보」의 파편을 「진실」이라는 하나의 결말로 조립할 수 있을지.

페이 자신도 아직 완전한 전모를 파악하지 못하고 있다.

……성가신 건 잘못된 정보야.

……일부러 플레이어가 서로를 경계하도록 유도하는 장치가 너무 많아.

그중에서도 두드러진 예가 지금 벌어지고 있다.

사라진 촌장의 시신.

누가 어디에 숨겼을까. 플레이어끼리 서로를 의심하다 정보를 아끼게 만든다.

『그럼 여러분!』

미이프 둘이 맑고 푸른 하늘을 가리켰다.

『의논은 한 시간. 이 중천에 태양이 오를 때까지.』

『사건 마지막 날, 추리 페이즈로 돌입합니다!』

사건 3일 차 『아침』, 추리 페이즈

추리 페이즈는 한 시간.

플레이어끼리 정보를 공개하고 조합해 추리하기엔 아슬아슬한 시간이다.

……60분을 일곱 명으로 나누면.

……한 명당 10분도 안 돼. 모든 정보를 정리하기엔 빠듯해.

모두가 그렇게 생각했을 것이다.

빠르게 손을 든 사람은 농부(미란다)였다.

"먼저 나부터 말할게. 아침에 광장에 온 사람은 놀랐겠지만 촌장의 시신이 사라졌어. 나는…… 마침 그때 현장을 목격했어."

그렇다.

페이를 포함한 여섯 명 전원이 미이프의 중계를 들었다.

광장에서 촌장의 시신이 사라졌다.

그때, 광장엔 농부가 있었다.

존장의 시신을 숨긴 것은 농부일까?

그런 의심을 받는 사실을 농부 자신이 누구보다도 각오했을 것이다.

"내가 결백하다는 걸 증명하기 위해 살인 사건 해결에 공헌해야겠지! 나는 어젯밤 촌장의 시신을 조사했어. 거기서 마지막 아이템을 찾아냈지!"

"오오?!"

플레이어 전원이 감탄했다.

마지막 의식 아이템, 그것을 발견했다면 확실히 큰 성과다.

"그 이름은『검은 사문서』. 내용은 자세히 알아내지 못했지만 정보 ③이라는 걸 보면 중요한 게 분명할 거야."

"……사문서. 제가 발견한『피 잉크와 뼈 펜』과도 연관이 있을 것 같군요."

꽃장수(알리사)는 흥미롭다는 얼굴로 말을 이었다.

"농부님, 부디 그 실물을 보여주시겠습니까?"

"없어."

"……네?"

"그게 말이지, 내가 그걸 발견한 순간 이벤트가 발생했어. 광장에서 쫓겨난 뒤 돌아와 보니까 촌장의 시신과 아이템이 깔끔하게 사라졌더라고."

"……숨기신 건 아니겠죠?"

무척이나 싸늘한 시선으로 농부를 바라보는 꽃장수.

의심으로 가득 찬 눈빛이었다.

"……역시 흑막은 농부님이 아닐까요."

"아니야, 아니야, 아니래도!"

농부가 다급히 손을 저었다.

"어, 어쨌든 증거가 없으니 변명할 방법이 없지만, 사실이야!"

"괜찮아요. 전 믿으니까."

"어머나, 제빵사 군?! 참고로 어째서?"

"근거가 있어요. 농부가 촌장의 시신을 숨겼다면 미이프가 그것을 방송할 리 없으니까요."

미이프는 궁극의 중립 존재다.

규칙을 따르는 한 플레이어의 행동을 **묵묵히** 지켜볼 뿐.

어젯밤 촌장의 시신이 사라졌을 때, 미이프는 마을 전체에 그 사실을 알렸다. 처음부터 설정된 게임 이벤트로 생각해도 될 것이다.

오히려 페이가 신경 쓴 것은 이벤트 발생 조건과 그 의미다.

……마지막 의식 아이템을 발견해서인가?

……어제와 그제 밤, 그 땅울림은 뭐였던 거지?

그 수상한 이벤트는 혹시…….

"어, 어쨌든 날 의심하는 건 어쩔 수 없지만 나는 되도록 정보를 공개하려 했어. 다음은 너희 차례야!"

시선이 이쪽으로.

제2 보고 페이즈에서 페이가 자백한 일이 신경 쓰이는 모양이었다.

"제빵사 군은 뭐 없었니?"

"아뇨, 전 오히려 수수께끼를 풀기 위해 모두의 힘이 필요해요. 정보를 지닌 플레이어가 있으면 계속 발언해 줬으면 좋겠어."

"……그럼 제가."

꽃장수(알리사)가 바구니에서 수정구슬을 꺼냈다.

"저는 그제에 이어 어제도 점을 쳤습니다. 어젯밤의 상대는…… 상인님."

"음?!"

상인(넬)이 어깨를 움찔 움츠렸다.

상인만큼은 광장에 모였을 때부터 눈을 감고 팔짱을 낀 채 혼자서 무언가를 계속 생각했었다. 골똘히 생각하느라 이쪽 추리에 집중하지 못하는 느낌이었는데.

"……내가 수상해서인가?"

"만약을 위해 확인했습니다."

꽃장수의 손에 있는 수정구슬.

지금은 아무것도 보이지 않지만, 어젯밤 이 구슬에는 상인이 비쳤을 것이다.

"저는 의식 아이템이라는 단어가 신경 쓰였습니다. 꽃장수인 저는 그 존재를 몰랐는데 절반 이상의 플레이어가 알고 있었으니까요."

부촌장(레셰), 제빵사(페이), 농부(미란다), 상인(넬).

이 네 사람은 의식 아이템과 관련이 있으니 점을 칠 후보라 할 수 있을 것이다.

"마지막 의식 아이템을 누군가가 감추고 있을 가능성도 있었습니다. 그래서 제 나름대로 후보를 고른 결과 상인님을 점쳤습니다."

"……그, 그렇군."

상인이 숨을 죽였다.

"그래서 결과는?"

"의식 아이템에 관해선 결백했습니다. ……하지만 26시에, 촌장님과 다투다 총을 발포했고 총탄을 가슴에 맞은 촌장님이 쓰러지는 모습을 봤습니다."

"마, 맞다. 고의는 아니었어……."

상인이 가슴에 손을 얹었다.

"하지만 내 이야기를 믿어줬으면 해. 이 기회에 내 모든 걸 이야기하지. 어젯밤 나는 상인의 능력을 사용해 아이템을 빼앗았다!"

술렁술렁.

햇살이 드는 광장에 작은 긴장감이 흘렀다.

"누구의 아이템을 훔쳤는지 짐작 가는 사람이 있겠지. 그리고 아이템을 빼앗은 이유는 내 미션이었기 때문이다. ……이걸로 나는 미션을 달성했다. 이상!"

"그럼 다음은 나네!"

흐름을 타고 자연스럽게 입을 연 사람은 부촌장(레셰).

"내 능력을 기억해? 마을 사람 한 명을 골라 능력을 방해하는 거야. 나도 당연히 사용했어. 짐작 가는 사람 있지?"

누군가의 능력 사용이 저지되었다.

이 시점에서 능력 사용을 확언한 농부(미란다), 꽃장수(알리사), 상인(넬)은 제외된다.

……물론 나도 제외야.

……제빵사의 늑대 인간 능력은 어제도 사용했으니까.

그럼 누구를 선택했을까.

정작 레셰는 의미심장하게 웃으며 일부러 말하지 않을 모양이었다.

"그리고 나는 밤사이에 상인하고 밀담을 나눴어. 상대가 원하던 송곳니 목걸이를 준 대신 내 바람도 하나 들어달라고 했지."

과연.

그 메시지의 의미를 깨달은 페이는 속으로 수긍했다.

"부촌장인 내 정보는 이상이야. 다음은 누가 할래?"

"그럼 내가."

엽총이 담긴 케이스를 한 손에 든 사냥꾼(케이오스)이 강하게 앞으로 나섰다.

"우선 중요한 보고가 있다. 나는 어젯밤, 사냥꾼의 미션을 달성했다!"

"사냥꾼 공도?!"

유독 강하게 반응한 사람은 상인이었다.

마찬가지로 미션을 달성했기에 신경 쓰이는 점이 있는 걸까.

"사냥꾼 공은 능력을 사용했나?"

"아니, 나도 능력을 사용하지 않고 밀담을 선택했다. 덕분에 미션을 달성했지만 협력자가 누구인지는 본인이 말하겠지. 이상이다. 나는 달리 공유할 정보가 없어."

부촌장과 사냥꾼이 말을 마쳤다.

지금까지 다섯 명.

말을 마친 다섯 명의 시선이 천천히 남은 두 사람에게 몰렸다.

기대와 불안이 뒤섞인 감정.

모두가 어렴풋이 느끼기 시작했을 것이다. 「마지막 날에 사건을 해결해야 하는데 공개되는 정보량이 너무 적지 않은가?」하고.

—불에 탄 촌장의 시신은 어디로 사라졌는가?

—살인 사건 당일, 여럿이 확인한 촌장 살인 보고의 모순.

—각 플레이어의 수상한 행동, 수상한 반응의 이유.

—의식 아이템이란.

전부 「그럭저럭」 진행되고 있다.

이것으로 최종일. 다들 「모두의 정보를 맞추면 풀릴 것」이라고 생각하지만, 아직 핵심 정보가 나오지 않고 있다.

……남은 건 제빵사인 나와 요리사(펄).

……다들 우리 두 사람의 정보를 기대하고 있어.

그렇기에 신빙성이 생겨난다.

사건의 진상을 알아내기 위해선 남은 두 사람의 정보에 기댈 수밖에 없기 때문이다. 즉, 지금이 최고의 정보 공개 타이밍.

"네!"

요리사(펄)가 큰 목소리로 말했다.

그 오른손을 보란 듯이 높고 높게 올리고서.

"저는 제 미션을 포기할게요!"

한곳에 모이는 시선.

펄이 크게 숨을 들이마시고서.

"제 정체는 너무나도 귀여운 코볼트예요!"

"요리사가?!"

온 마을에 퍼지는 경악.

코볼트. 그것은 인간 크기의 개 요정이다. 사람이 사는 마을에서 멀리 떨어진 코볼트 마을에 살고 있지만, 인간 마을에 사는 개체도 있다는 전설이 있다.

“저는 코볼트 마을에서 괴롭힘당해 어쩔 수 없이 인간으로 변해 이 마을에 살고 있어요. ……그리고 사건이 있던 날 밤 27시, 저는 촌장님이 검게 타서 쓰러진 것을 발견했어요. 서둘러 가까이 가보니 촌장님의 손에 이상한 책이 들린 것을 봤어요…….”

“이상한 책이라면, 설마?!”

농부(미란다)가 제일 먼저 반응했다.

펄의 정체도 그렇지만 그 이상으로 「책」이라는 단어를 놓칠 수 없었기 때문일 것이다.

“내가 발견한 검은 사문서구나?!”

“네! 그리고…… 제가 그걸 건드린 순간 촌장님이 일어나서 절 공격했어요. 정신없이 저항하다 보니 제 주먹이 촌장님을 때렸는데 너무 간단히 촌장님이 쓰러졌고…… 『**당신은 촌장을 살해한 살인범입니다**』라고 역할 자료에 적혀 있었어요.”

“……음? 펄 군이 범인이라고?”

놀랐던 농부가 곧바로 고개를 돌렸다.

페이를 향해.

이 살인 사건은 이미 제빵사가 진범이라는 자백을 받았다.

그 뒤에 두 번째 범인이 나타나는 것은 앞뒤가 맞지 않는다.

“그거 좀 이상하지 않니? 전에 듣기로 살인범은…….”

농부의 말에 제빵사가 답했다.

“네. 살인범은 제가 맞아요. 그보다…….”

“나, 나!”

부촌장(레셰)이 더는 기다릴 수 없다는 듯이 밝은 목소리로 끼어들었다.

장난스럽고 환한 미소로.

“나도, 부촌장이지만 인간이 아니야. 『오니』 종족이야.”

“오니?!”

“내 집에 오니의 곤봉이 있었잖아? 보란 듯이 인간이 들 수 없는 중량이라는 설명이 있던 거. 저녁 보고 때 캠프파이어 장작을 혼자 나른 것도 오니의 괴력이야. ……그리고 나도 장작더미를 실수로 무너뜨리는 바람에 그 밑에 있던 촌장을 살해하고 말았어.”

살인범이 세 명째.

거기다 세 명 모두 인간이 아닌 종족이다.

“자, 잠깐! ……어…… 그, 그게…….”

농부가 마른침을 삼켰다.

살인범이라고 자백한 세 사람을 몇 번이고 둘러보고서.

“……너희도 그러니?”

그 말이 무엇을 의미하는가.

"……저, 저기…… 저도……."

꽃바구니를 든 비서관이 조심스럽게 손을 들었다.

아직 마음속으로 주저하면서도 분위기를 보아 아무도 거짓말을 하지 않는다고 판단한 듯했다.

"저는…… 마을 부근에 살며 점치는 걸 좋아하는 『요정』입니다. 재앙을 예지하는 힘이 있고 몇 년 전부터 이 마을에 사악한 힘을 느끼기 시작했었죠. 그 정체를 알아내기 위해 인간으로 변신해 마을에 살고 있었습니다."

사악한 힘이란 아마도 의식 아이템일 것이다.

아니면 늑대 인간처럼 밤의 주민을 말하는 것인지도 모르겠지만, 요정은 그것이 신경 쓰여 마을에 찾아왔다.

"사악한 힘을 가장 강하게 느낀 날은 살인 사건이 일어난 밤이었습니다. 저는 마을이 위험하다고 생각해 촌장의 저택으로 갔습니다. 그때가 한밤중인 24시였고……."

"어머? 그럼 꽃장수 군은 촌장에게 원한이 없었니?"

"무, 물론입니다!"

꽃바구니를 든 채 손을 젓는 꽃장수(알리사).

그 손에 파란 성수병을 꺼내 들고서.

"이 성수도 촌장님의 상처를 치유하고 싶어서 뿌린 건데…… 성수에 닿은 촌장님은 비명을 지르며 숨이 멎었습니다. 저도 제가 살인범이라고 생각했기에 제빵사님이 『내가 죽였다』고 자백하셨을 땐 깜짝 놀랐습니다."

"그, 그럼 나도 괜찮을까……!"

미란다 사무장이 헛기침한 뒤 말을 이었다.

"농부는 표면적인 모습. 내 정체는……."

"흡혈귀지?"

"흡혈귀."

"너무 알기 쉽다고요오."

"내가 말하면 안 될까?! ……아, 정말! 맞아, 내 정체는 『흡혈귀』야. 흡혈귀 세계에서 뒤처진 몸이었는데 촌장이 불러줬어."

피처럼 새빨간 와인을 모으던 점.

촌장의 피를 핥았다는 증언도 그렇다. 피에 관련해 이렇게나 집착하는 괴물이라면 흡혈귀밖에 없을 것이다.

"촌장의 피를 핥은 이유는 능력의 발동조건이라서야. 촌장의 시신을 조사할 때 필요하거든."

"살인범을요?"

"……나는 공범자야. 피투성이가 된 촌장을 본 순간, 흡혈귀인 나는 이성을 잃고 피를 핥은 모양이야. 직접적인 살인범은 아니지만 살인 현장을 목격했으면서도 살인범을 거드는 행동을 하고 말았으니까."

살인범과 공범자가 다섯.

그럼 남은 두 사람은?

"그렇군."

사냥꾼을 연기하는 케이오스가 쓴웃음을 지으며.

“그렇다면 상인, 이미 미션을 달성한 우리가 숨길 이유는 없겠군?”

“……사냥꾼 공도 그런가.”

그리고 넬과 마주 보았다.

누가 먼저 이야기할지 눈빛을 교환한 뒤 먼저 입을 연 사람은 사냥꾼이었다.

“나는『고스트』다. 밤을 배회하는 특기를 살려 이 마을에서 일어난 실종 사건을 조사해 달라는 부촌장의 의뢰를 받았지. 그래서 인간으로 변해 살고 있었어.”

“맞아, 나와 사냥꾼은 서로의 정체와 목적을 알고 있었어.”

동시에 고개를 끄덕이는 부촌장(레셰)과 사냥꾼.

두 사람은 마을에서 일어난 수상한 사건을 조사하기 위해 촌장을 감시했다.

입장으로 보자면 페이와 비슷하다.

“고스트인 나는 사건 당일 23시 30분, 농부가 촌장의 피를 핥는 걸 봤지. 그러나 나는 24시가 넘으면 고스트로 돌아가게 돼. 현행범으로 붙잡지 못한 채 그곳에 숨을 수밖에 없었던 거다.”

“……나는『카트시』. 장난을 좋아하는 마물이다.”

가방을 멘 상인이 광장 안쪽으로 보이는 마차를 가리켰다.

“내가 마을에 온 동기는 거짓이 아니다. 일 년에 한 번 이 마을을 찾아와 물건을 팔지. 그때 촌장에게 의식 아이템을 팔고 말았지만 원래 그건 인간계엔 없는 아이템이다. 인간인 촌장이라면 악용할 수 없을 거라고 생각했는데…….”

“아, 그건 흡혈귀인 내 실수네.”

농부(미란다)가 미안한 듯이 쓴웃음을 떠올렸다.

“나는 반대로 설마 촌장이 의식 아이템을 갖고 있지 않으리라고 생각했어. 그래서 마을로 초대해준 보답으로 사용 방법을 알려줬지.”

“……그렇다면?!”

상인……을 연기하던 카트시가 조심스럽게 입을 열었다.

여섯 명을 둘러보고서 마른침을 꿀꺽 삼키고서.

“전원이 『살인범』이었던 건가!”

그리고.

그 시선이 멈춘 곳은 제빵사(페이)였다.

“페이 공! 이것이…… 어제 자백한 진상인가. 자신이 늑대 인간이라고 진술한 것도 전원이 살인범이라는 것을 알고 있었기에!”

“그래. 그때는 아직 예상 범주에 불과했지만 말이야. 펄에겐 먼저 밀담으로 얘기해 뒀어.”

“그거다! 어째서 펄을 선택했는지도 궁금하지만…….”

넬이 주먹을 꽉 쥐었다.

“나와 케이오스 공은 미션을 달성했다. 하지만 페이 공을 시작으로 다른 멤버는 아직 달성하지 못했지…….”

"정말 그렇다니까."

"……저도 그 점이 걱정입니다."

한숨과 함께 팔짱을 끼는 농부.

그 옆에서도 꽃장수가 긴장된 듯이 입을 굳게 다물었다.

"그럼 제빵사 군. 내가 보기에 전원이 『살인범이라는 걸 들켜선 안 된다』, 『정체를 들켜선 안 된다』는 미션이 있었을 것 같은데."

그것을 포기했다.

어제의 제빵사(페이)에 이어 요리사(펄)가, 부촌장(레셰)이, 농부(미란다)가, 꽃장수(알리사)가.

다섯 명이 미션 미달성.

게임 승리 조건은 전원이 하나씩 미션을 공략한다는 것인데도 불구하고.

"……괜찮은 거니? 제빵사 군. 전원이 자백했는데."

"네. 저는 **전원이 살인범이라면 이 공략법이야말로 정답이라고 생각해요.** 이건 『전원이 자신의 미션을 달성하려 하면 패배』하는 게임이에요."

"……그게 무슨 말씀이죠?"

꽃바구니를 든 알리사 비서관의 눈이 가늘어졌다.

"……솔직히 고백하겠습니다. 저는 미션을 달성하는 것에 필사적이라…… 미션 달성의 지름길이 정체를 숨기는 것이라고 생각했습니다."

"틀리지 않았어. 나도 확신한 건 바로 어제야."

그러나 전부 말하지 않았다.

보고 페이즈의 시간제한이 무척이나 절묘하게 정해져 있었던 탓이다.

"나는 조사 페이즈에서 촌장의 비밀을 손에 넣었어. 그걸로 확신했지. 이거라면 전원이 살인범이라는 논리가 성립한다고."

"……그 말씀은?"

꽃장수가 멍하니 눈을 깜박였다.

아직 짚이는 것이 없을 것이다. 제빵사(페이)가 무엇을 노리는지.

"보통 살인범은 한 명이니 자신이 의심받지 않는 것에 필사적이라 정보를 잘 공유하지 않게 돼. 하지만 다들 잘 이해가 안 됐지? **이 살인 사건, 전원의 목격 정보를 종합하면 촌장이 몇 번이고 살해되고 있으니.**"

"그, 그래요!"

알리사 비서관이 기다렸다는 듯이 나섰다.

"저도 시간순으로 생각해서 촌장은 빈사의 중상을 입었고 마지막에 결정적인 피해를 입힌 저야말로 살인범이라고 생각했습니다……."

"그래. 신은 그걸 노렸어."

"……네?"

"일곱 명 전원이 『자신이 살인범이니 정체를 숨겨야 한다』는 마음으로 게임을 진행했을 때를 상상해봐. **마지막 마을 재판에서 우리는 외통수에 몰리게 돼.**"

일곱 명 중 누군가가 추방된다.

그렇게 끝나선 진상에 도달할 수 없다.

"미이프가 말했지? 『사건의 수수께끼를 풀어달라』고. 이 게임의 제일 즐거운 공략법은 전원이 살인범이라는 말도 안 되는 가설을 실제로 증명하는 것."

그것을 지금부터 확인한다.

"펄."

페이가 돌아보았다.

눈앞에 요리사가 점비약 케이스를 높이 들고 있었다.

"완벽해요! **점비약 덕분에** 제 꽃가루 알레르기가 완화되어 능력『당신의 냄새, 신경 쓰입니다』를 발동할 수 있어요!"

"아?!"

상인(넬)이, 농부(미란다)가, 꽃장수(알리사)가.

있어선 안 될 것을 본 것처럼 눈을 부릅떴다.

"어째서 요리사가 점비약을?!"

"페이 씨가 가져다줬어요. **제 총과 맞바꿔서요.**"

그렇다.

밤의 자유 시간에 페이는 점비약을 지닌 사냥꾼과 이렇게 교섭했다.

「내게 총을 건네는 대신 협력을 요청하려는 건가?」
「그냥 물물교환이죠.」

물물교환. 그것은 페이의 아이템이 아니다.
요리사(펄)와 사냥꾼(케이오스)의 물물교환이었다.
"내 예상으론 코볼트의 능력이 『전원이 살인범』 가설을 증명할 거야."
"……하, 하지만 저희 모두가 정체를 밝혔습니다."
꽃장수가 의아한 듯이 눈을 가늘게 떴다.
"코볼트의 능력은 서로 정체를 숨기고 있을 때 유효한 힘이 아닙니까? ……예를 들어 제가 요정이라는 사실을 숨기고 있을 때 그것을 강제로 알아내는 능력이니까요."
"그래, 맞아."
꽃장수에게 페이는 망설이지 않고 고개를 끄덕였다.
플레이어 전원이 밤의 주민이라는 사실을 자백한 것으로 코볼트의 능력은 의미가 없어졌다.
그렇게 생각하겠지만.
"일곱 명 중 누군가가 정체를 속였다는 겁니까……?"
"제가 조사한 건 플레이어가 아니에요."
요리사의 목소리가 꽃장수의 말을 가로막았다.
"코볼트의 능력은 『마을 사람 한 명의 정체를 본다』. 다시 말해 **플레이어가 아니라도 상관없어요!**"

그렇다.

이 장치를 깨달을 수 있는지가 전환점.

부촌장은 **마을 사람** 한 명의 밤 능력을 방해한다.

꽃장수는 **마을 사람** 한 명을 골라 과거에 한 행동을 본다.

요리사는 **마을 사람** 한 명의 정체를 간파한다.

규칙은 능력의 사용 대상이 「일곱 플레이어」라고는 한 마디도 하지 않았다.

"촌장이야."

"아?!"

꽃장수의 눈이 휘둥그레졌다.

"설마…… 저희의 능력은 전부……."

"그래. 우리가 자연스럽게 착각하도록 유도한 거야. 플레이어끼리 능력을 사용해 서로를 의심할 필요는 없었던 거지."

모든 플레이어의 능력은 NPC(**촌장)에게 사용하기 위해 존재했다.**

그 결과가.

"코볼트의 능력 결과, 발표하겠습니다!"

넓은 광장에 펄의 목소리가 울렸다.

"촌장님의 정체는 『좀비』였어요!"

좀비.

너무나도 유명한 몬스터다.

“좀비…… 죽어서도 움직이는 살아있는 시체…… 아! 알겠다!”

농부가 감탄하며 손을 쳤다.

“좀비라면 성립하겠네. 살인 사건 날, 촌장은 살해당했지만 좀비라서 되살아난 거야. 그럼 플레이어 전원이 살인범이라는 모순이 모순이 아니게 돼!”

“맞아요. 여기까지 게임을 진행한 뒤에야 간신히 보이기 시작한 게 있어요.”

“……그게 뭐니?”

“신에게 승리하는 방법 말이에요.”

농부에게 고개를 끄덕인 페이는 그 자리에 모인 여섯 명을 둘러보았다.

이미 몇 명에게는 검증을 완료했다.

“미란다 사무장님, 농부의 역할 자료를 떠올려 보세요. 마을 재판 후에 주어지는 정체불명의 미션이 있지 않나요?”

“아?! 있었어, 제4의 미션이! 하지만 그걸 어떻게…….”

“역할 자료 덕분에 알았어요. 그 문구에 위화감을 느꼈을 때 저는『살인범이 여럿』이라는 가능성을 생각했죠.”

【미션】

【당신은 촌장을 살해한 범인입니다】

① 당신이 범인이라는 것을 게임이 끝날 때까지 숨길 것.

② 당신의 정체가 늑대 인간이라는 것을 숨길 것.

③ 당신의 「송곳니 목걸이」를 사수할 것. 누구에게도 빼앗기지 말 것.

④ 【범인에게만 주어지는 특별 미션】……마을 재판 페이즈 이후에 내용 공개.

"처음 세 개는 『당신』이라고 지정하는데 특별 미션에만 『범인』이라는 단어로 변했어요."

"……정말이네?!"

특별 미션은 「당신」 혼자만 하는 것이 아니다.

당신 이외에도 범인에 해당하는 자가 있다.

그렇지 않으면 이 표기는 있을 수 없다.

"그래서 저는 처음부터 범인이 여럿일 가능성을 생각했어요. 범인이 혼자라면 플레이어 일곱 명의 촌장을 목격한 이야기가 너무나도 모순되고요."

"그래서였구나! 페이 군이 계속 촌장의 저택을 조사한 게!"

"네. 그리고 범인 다수설이 부상하니 뒤이어 연상되는 가설이 있었죠. **나 말고도 늑대 인간 같은 존재가 있지 않을까** 라고요."

그래서 페이는 주시했다.

플레이어 여섯 명의 행동 이상으로 그 「말」에.

"사무장님도 생각나실 거예요. 예를 들어 요리사가 자기 능력을 설명할 때 『정체』라는 단어를 썼죠."

「누구의 정체를 볼까요~.」

요리(펄)사가 인간이라면 의아했을 것이다.

정체라는 게 뭐지? 하고.

"지금까지 우리는 『역할』이라는 단어를 사용했어요. 예를 들어 부촌장이 자신을 나무꾼이기도 하다고 말했지만 정체라는 단어는 쓰지 않았죠."

"……아, 그러고 보니."

"그런데 요리사는 정체라는 단어를 자연스럽게 사용했어요. 그 배경에는 요리사 본인도 코볼트라는 정체를 숨기고 있었기 때문이에요."

페이가 다음으로 시선을 옮긴 것은 사냥꾼이었다.

"케이오스 선배도요."

「꽃장수, **촌장이 살아있다고 생각**한 건가?」

이런 말이 나올 리가 없다.

촌장은 상인이 쏜 총에 맞았고 검게 탄 시신이 됐다.

"인간이라면 즉사합니다. 살아있었다고 생각할 리가 없

어요. 하지만 **촌장이 밤의 주민이라면 이야기는 별개죠.**"

그때 사냥꾼이 꽃장수에게 한 말의 진의는.

「꽃장수, 촌장은 죽였어도 살아있을 가능성이 있다는 걸 알고 있었나?」

반대로 말해.

그것은 사냥꾼의 답이었다. 『나는 이 마을에 인간이 아닌 존재가 있다는 것을 알고 있다』는.

"그랬구나! 그래서 페이 군은 요리사 군과 사냥꾼 군과 밀담을……."

"바로 그거예요."

요리사(펄)와는 이틀째 보고 페이즈 때 밀담을.

사냥꾼(케이오스)과는 이틀째 밤에.

그리고 페이는 범인이 전원이라는 가설을 거의 확신했다.

"나머진 꽃장수와 농부와 상인을 설득할 증거가 필요했어요. 그래서 코볼트의 능력으로 촌장의 정체를 밝혀낼 필요가 있었죠."

정리하자.

제빵사(페이)가 도달한 게임 공략은 다음과 같은 과정이다.

【1】 역할 자료의 특별 미션에서 「범인이 다수」일 가능성을 염두에 둠.

【2】 보고 페이즈의 대화로 동료(밤의 주민)를 발견. ※여기선 요리사와 사냥꾼이 해당.

【3】 촌장이 좀비인 것이 확정. (요리사(펄)의 능력)

【4】 전원이 살인범임을 확인.

【5】 역할 자료의 특별 미션이 모두에게 주어진 것을 확인.

마지막 【5】가 열쇠다.

모든 것은 이것을 성립하기 위해 존재한다.

"저는 이렇게 생각했어요. 특별 미션이야말로 진짜 미션이라고. 『인간의 모든 힘을 쏟아부어 공략하라』는 신의 의지가 거기에 있다고."

신들의 놀이.

인간과 신의 대결은 이 특별 미션으로 벌어진다.

"페이 군의 늑대 인간 자백은 거기까지 생각하고서……."

"네. 여기까지 와서야 우리는 신이 기다리는 무대로 나아갈 수 있어요."

참고로.

지금까지의 정보를 연결하면 살인 사건의 「시간순」이 보인다.

【23시 00분】

제빵사(페이)가 광장에서 촌장의 등을 **늑대 인간**의 발톱으로 공격해 살해. (첫 번째 살인)

【23시 30분】

농부(미란다)가 피투성이가 되어 쓰러진 촌장을 발견.

흡혈귀의 능력에 필요하기에 촌장의 피를 핥음. (첫 번째 살인의 공범자)

그 광경을 본 사냥꾼(케이오스).

그러나 사냥꾼(케이오스)은 24시가 되면 고스트가 되기에 현행범 체포를 포기하고 잠시 이탈.

【24시 00분】

촌장이 부활해 피를 흘리며 촌장의 집으로 돌아감.

(빼앗긴 송곳니 목걸이를 대신할 의식 아이템을 되찾으러 갔을까?)

그 증거로 광장에서 촌장의 집까지 피 냄새가 남아있음.

【24시 00분】

꽃장수(알리사)가 사악한 힘을 감지.

밤중에 깨어나 촌장의 저택으로 갔지만, 촌장은 지금 바쁘다며 말을 들어주지 않았음.

(의식 도구를 고르고 있었을까?)

【25시 00분】

부촌장(레셰)이 광장에서 의식 도구를 손에 든 촌장을 발견.

촌장의 모습을 수상히 여겨 막으려 할 때 몸을 숨기고 있던 장작더미가 무너짐. 이에 촌장이 깔려 사망. (두 번째 살인)

촌장이 걱정됐지만 부촌장은 의식 아이템 회수를 우선시함.

→의식 아이템『뼈 펜과 피 잉크』회수.

【26시 00분】

상인(넬)이 쓰러진 촌장을 발견.

돌려주지 않았던 의식 아이템을 회수하려 했지만 촌장이 부활. 실랑이가 벌어져 상인이 총으로 촌장을 쏨. (세 번째 살인)

→의식 아이템『피로 얼룩진 촛대』회수.

【26시 30분】

고스트 상태의 사냥꾼(케이오스)이 광장으로 돌아옴.

쓰러진 촌장을 발견하고 다가갔지만 너무 서두른 탓에 고스트의 불꽃이 촌장의 몸과 접촉.

그 순간 촌장이 불에 탐. (네 번째 살인)

다만 지나치게 불이 잘 붙은 점이 부자연스럽다고 생각했음.

(촌장의 수기: 좀비의 육체는 퍼석퍼석하게 메말랐기에 불이 잘 붙음.)

【27시 00분】

요리사(펄)가 불에 탄 촌장의 시신을 발견.

말을 걸려고 다가간 순간, 촌장이 벌떡 일어나 공격함.

코볼트의 주먹은 위력이 약하지만 이미 큰 대미지를 받은 촌장이 사망. (다섯 번째 살인)

【27시 30분】

촌장을 찾아 광장에 온 꽃장수(알리사).

쓰러진 촌장을 구하려고 성수를 뿌리니 어째서인지 촌장이 비명을 지르며 사망. (여섯 번째 살인)

여섯 명의 살인범과 한 명의 공범자.

이것이 살인 사건이 일어난 날의 밤에 벌어진 사건의 전모이다.

"나머진 미란다 사무장님이 찾은 『검은 사문서』가 전부야. 촌장이 이 광장에서 한 것은 지진과 화산 피해를 막기 위한 의식이 아니었어.”

촌장의 동기.

의식 아이템을 사용해 무엇을 하려고 했는가.

검은 사문서 — 양 X마리와 교환해 영혼 하나를 되찾는다.

반대였다.

“이 마을의 살인 사건은 우리가 제물이 되는 쪽이었어. 촌장의 의식에 말이야.”

고요해진 광장.

모두가 입을 다물고 결심한 표정으로 공중을 올려다보았다.

그곳에 있는 미이프를.

『오? 여러분, 추리 페이즈는 앞으로 2분 남았습니다만.』

『마을 재판을 시작해도 될까요?』

두 미이프가 광장의 종을 향해 날아갔다. 둘이서 종의 추를 붙잡고 체중을 실어 성대한 소리를 울렸다.

맑고 깨끗한 소리가 메아리치고.

『추리 페이즈 종료!』

『지금부터 마을 재판 페이즈로 이행합니다. 저희가 신호를 보내면 사건의 흑막으로 여겨지는 **마을 사람** 한 명을 일제히 가리켜 주세요. 그럼 시작하세요! ……음?』

미이프가 고개를 갸웃했다.

미이프가 바라보는 일곱 플레이어는 누구 하나 손을 움직이려 하지 않았다.

추방해야 하는 마을 사람.

다시 말해 흑막이 이곳에 없기 때문이다.

"답을 맞춰볼 시간이다."

이쪽을 내려다보는 미이프에게.

페이는 한 발 앞으로 나섰다.

"이 게임은 극악해. 전원에게 미션 달성을 요구하지만, 각 플레이어가 미션 달성을 우선시하고 움직이면 배드 엔딩이라니."

그것이 이 게임 최대의 속임수다.

말하자면.

추리 페이즈에서 증명해야할 것은 전원의 결백이 아닌 전원의 범죄.

……마을 재판에서 촌장 이외를 추방할 경우.

……우리는 다음 특별 미션을 한 명이 빠진 여섯 명으로 도전하게 돼.

그리고 패배했을 것이다.

플레이어 전원, 다시 말해 「인간 전원」이 도전해야만 신에게 승리할 기회를 얻는다.

『타임아웃!』

『수고하셨습니다, 여러분.』

플레이어의 머리 위에서 미이프 둘이 빠르게 접근.

그리고 힘차게 하이터치.

『마을 재판에서 추방된 플레이어가 0명이므로 지금부터 ??? 페이즈에 돌입합니다.』

『이 「???」 페이즈는 아직 정해지지 않은 미래를 의미합니다. 자유롭게 행동해서 여러분의 이야기를 원하는 대로 만들어 주세요.』

미이프 둘이 큰 목소리로 선언했다.

온 마을에 퍼지는 목소리로.

『플레이어 공통 미션.』

드림 더 드림 시 드림드
『「그녀가 꾼 꿈을 꿈에 보다」가 추가되었습니다.』

『저희의 안내는 여기까지입니다.』

『여러분이 생각하신 엔딩을 맞이해 주세요.』

그리고 하늘로 상승.

『힘내세요~.』

손을 흔들고 응원하며.

"……어?"

"……자유라니, 어떻게 된 거죠? 저희더러 뭘 하라는 겁니까?"

농부(미란다)와 꽃장수(알리사)가 멍하니 눈을 깜박였다.

갑자기 새로운 미션명이 선포되며 광장에 방치되고 말았으니까.

"갈까요?"

"제빵사 군? 혹시 짚이는 게 있는 거니?"

물론이다.

대답 대신, 페이는 힘차게 땅을 박차고 걸었다.

"촌장의 피신처로요."

"그게 어디니?! 아직 조사하지 않은 곳은…… 아?!"

미란다 사무장의 콧등에서 안경이 미끄러졌다.

다급히 안경을 고쳐 쓰며.

"촌장의 창고 말이니?!"

"네. 우리가 한 번도 들어가지 못한 곳은 거기밖에 없어요."

마을이 내려다보이는 언덕으로.

촌장의 저택.

그 집의 뒤에는 달리기 시합을 할 수 있을 정도로 넓은 잔디 정원이 있다.

"……여기가 촌장님의 저택인가요오."

"나도 처음 왔어. 확실히 제일 넓네!"

잔디 정원 중앙에서 부지를 둘러보는 여섯 명.

페이 혼자만 거의 집중적으로 이곳을 조사했기에 다들 흥미진진하게 정원과 저택을 관찰했다. 그리고.

“저 검은 건물인가?”

사냥꾼이 본 것은 정원 구석에 있는 검은 벽돌 건물이었다.

창고.

그 문에는 강인한 자물쇠가 걸려 있었다.

“열쇠가 필요하군. 밤중에 열쇠를 손에 넣은 사람이 아무도 없는 걸로 아는데, 제빵사, 네가 손에 넣은 거야?”

“저한테는 없어요. 어중간한 조사로는 찾을 수 없을 거예요.”

“그렇겠지. 소지자가 촌장이라는 걸 알아도 정보 ⑤나 ⑥ 정도…… 플레이어 전원이 촌장을 조사하지 않는 한 손에 넣을 수 없을 정도겠지.”

“제 생각도 그래요.”

어젯밤 촌장의 시신에서 의식 아이템「검은 사문서」가 발견됐다.

반대로 말하면.

“창고 열쇠는 마지막 의식 아이템보다 입수하기 어려워요. 총력을 기울여 촌장의 시신을 조사해야만 간신히 찾을 수 있을 거라고 생각해요.”

“발견하기란 지극히 어렵겠지.”

그렇게 말하면서도 사냥꾼의 말투는 엄숙한 자신감에 차

있었다.

아마도 알아차렸을 것이다.

망설이지 않고 이곳으로 온 시점에 열쇠가 있을 거라고.

"어떻게 손에 넣은 거야? 제빵사의 능력인가?"

"듬직한 부촌장이 있잖아요."

"내가 아니야."

부촌장(레셰)이 빠르게 돌아보았다.

돌아보는 동시에 긴장한 듯이 머뭇거리는 상인(넬)의 어깨를 두드리며.

"여기 있잖아."

"바, 바로 그렇다!"

기다렸다는 듯이 상인이 외쳤다.

"카트시의 능력인『아기 도둑 고양이』는 대상 한 명의 아이템을 지정해 빼앗을 수 있다. 물론 대상이 아이템을 지니고 있을 때만. ……나는 플레이어만 가능하다는 선입관에 빠져 있었지만 부촌장 공이 알려주었다. 지명해야할 상대가 있다는 것을!"

그 상대가 촌장이다.

촌장이 숨긴 창고의 열쇠는 카트시의 능력으로만 손에 넣을 수 있는 특수 장치.

"이거다!"

상인이 가방에서 아이템 카드를 꺼냈다.

【『촌장』 정보(아이템) EX 「창고 열쇠」】

영혼이 잠든 곳을 열 수 있는 열쇠.

꿈에 사로잡힌 그자는 가장 사랑하는 그녀가 꿈꾼 꿈을 꿈꾼다.

끝내자.

이 피로 얼룩진 참극을. 적어도 평온하기를.

……끼익.

의지를 지닌 것처럼 창고의 문이 양옆으로 열리기 시작했다.

어두운 창고 안으로 빛이 들었고.

그 안쪽에.

수많은 꽃잎에 둘러싸인 하얀 관이 세워져 있었다.

새하얀 꽃. 연분홍 꽃. 푸르른 꽃.

전부 썩지 않도록 하나하나에 방부 처리가 된 덕분에 아름다움을 유지한 채 관 주변을 정성스럽게 장식하고 있었다.

관과 꽃을 가리킨 꽃장수(알리사)가 입가에 손을 가져갔다.

"……촌장님이 제게서 사가신 꽃입니다. 이렇게 많은 양을 어디에 쓰실까 했었어요. 이 관은……."

"애처가였다고 하니까."

그렇게 답한 농부도 어딘가 신기해하는 말투였다.

"그러고 보니 내게 의식 아이템을 물어봤을 때도『소중한 사람을 잃었다』고 말했었어. 검은 사문서에 적힌『열 마리의 양을 바쳐 영혼 하나를 되찾는다』는 글은 뭐, 이런 거였네."

촌장은 아내를 되살리려 했다.

스스로 좀비가 되어 몇 년이고 몇십 년이고 그 방법을 모색하다 드디어 의식 아이템을 전부 모으게 됐을 것이다.

"그나저나 제빵사 군, 촌장은 여기 없는 것 같은데?"

"저도 의외예요. 창고에 숨어있을 줄 알았는데……."

그 넓이에 비해 창고 안은 놀랄 정도로 간소했다.

중앙에 하얀 관이 놓여있고, 그것을 많은 꽃이 장식하고 있다. 그렇다면 그다지 생각하고 싶지 않지만…….

"저기, 이 관 안에 숨어있을 가능성은 없을까요?"

요리사가 뒤에서 관을 살폈다.

조심조심 천천히 손을 뻗고…… 하얀 관에 손끝이 닿은 것과 동시에.

쿵!

대지가 뒤집힐 듯이 흔들렸다.

『……어리석은 놈들이. 그 관을 건드리지 마라!』

공기를 뒤흔드는 포효가 창고 밖에서 울렸다.

"뭐, 뭐지, 이 커다란 목소리는?!"

"설마 촌장이……!"

일제히 밖으로.

뒤뜰로 뛰쳐나온 일행의 눈앞에서 파릇파릇한 잔디 대지가 둘로 갈라져 갔다. 그 틈새로 부패한 노색 거인이 기어나오고 있는 것이 아닌가.

크다.

페이 일행이 올려다볼 정도의 거인이 탁한 눈으로 이쪽을 내려다보았다.

『조금만 더…… 조금만 더 있었으면…….』

광장에서 죽었던 촌장.

생기를 잃은 살아있는 시체가 10미터에 가까운 거구가 되어 땅속에서 기어 올라왔다.

『내가 가장 사랑하는 영혼의 소생을…… 잘도…… 의식을 방해했겠다……!』

이족보행이 아닌 사족보행.

부패한 두 다리로는 온몸을 지탱할 수 없는 시체의 거인이 기어 오기 시작했다.

"이 녀석이 한밤중에 땅이 울린 이유인가!"

흑막과의 최종 결전.

……그렇군.

……플레이어 전원이 흡혈귀나 늑대 인간 같은 밤의 주

민인 것은 이것을 위해서였나!

그렇지 않으면 이길 수 없는 흑막.

일곱 명 전원이 아니면 이길 수 없는 이벤트일 것이라고 예측은 했지만 설마 한밤중의 소동이 이것을 암시하는 복선이었을 줄이야.

『나는 내 육체와 영혼과 재산 전부를 바쳐 이 육체를 얻었다. 네놈들을 매장하기 위해…… 영혼 열 개를 바치기 위해서!』

거대 좀비가 된 촌장이 팔을 들어 올렸다.

"이런, 피해!"

페이를 포함한 모든 플레이어가 땅을 박찼다.

통나무보다도 두꺼운 거대한 팔이 내리꽂히자 모래 먼지, 그리고 수천수만의 잔디가 날아오르고 지면에 거대한 균열이 생겨났다.

"끝까지 미스터리 & 롤플레잉이라는 건가!"

마지막 미스터리.

이 흑막을 쓰러뜨리는 방법을 추론하라.

"괴, 굉장한 괴력이네요……."

얼굴이 창백해진 꽃장수(알리사).

"아, 아니, 저걸 봐, 꽃장수 군!"

농부(미란다)가 가리킨 것은 거대 좀비의 오른 다리다.

오른 다리가 떨어져 있었다. 뿌리가 썩은 나무처럼 촌장의 육체는 이미 무너지고 있었다.
"그만하세요, 촌장님!"
요리사가 외쳤다.
"그런 안타까운 모습을…… 당신의 소중한 사람이 보면 슬퍼할 거라고요!"
『…….』
노인에게 전해지지 않는다.
밤의 주민이 된 그 영혼은 이미 인간의 이성을 잃은 듯했다.
『네놈들도 본 적이 있겠지.』
좀비가 상의에 오른손을 찔러 넣었다.
인간 크기 정도나 되는 크고 검은 책을 꺼내고서.
『나는 의식 아이템「검은 사문서」를 영창. 네놈들의 영혼을 저승으로 보내주마.』
"뭐라고?!"
이것이 바로 의식.
살인 사건 당일, 일곱 플레이어가 우연히 촌장을 막지 않았더라면 지금과 같은 일이 벌어졌을 것이다.
『그날 밤, 네놈들은 나를 죽여 의식을 막았다고 생각했겠지. 하지만 나는 어젯밤 다시 검은 사문서의 영창 의식을 마쳤다. 남은 건 일곱 제물이 여기에 있으면 충분해.』
"……뭐?!"

"잠깐, 그건 좀 너무하잖아!"

『네놈들이 모여 의식 조건이 충족됐다. 검은 사문서를 발동해…… 뭣?!』

떠오르는 검은 표지의 책.

그러나.

촌장이 응시해도 아무런 일도 벌어지지 않았다.

『……어, 어째서지?!』

"하극상 시간이야!"

부촌장(레셰)이 촌장을 빠르게 가리켰다.

"지금 이 마을의 리더는 나! 어젯밤 자유 시간 때 부촌장의 능력을 발동해 뒀거든. 널 상대로 말이야!"

부촌장의 『하극상』: 마을 사람 한 명을 고른다.

부촌장의 권력으로 그 능력 사용을 하룻밤 동안 금한다.』

「당신은 진정한 리더다.」

『……감히!』

검은 사문서를 움켜쥔 좀비가 증오에 찬 얼굴로 신음했다.

『그러나 능력은 네놈들만의 것이 아니다. ……촌장 능력「절대 군주」로 명한다. 내 의식이 끝날 때까지 움직이지 마라!』

순간.

모두가 이해했다.

지금껏 자신들은 정체와 능력을 숨겨왔다. 각자의 미션 달성을 위해.

지금은 다르다.

이것은 전원이 하나의 미션에 도전하는 최종 페이즈. 자신들에게 주어진 능력 2는 이 엔딩을 위해 존재한다.

"그렇겐 안 돼!"

넬
상인이 가방을 던졌다.

하늘 높이 떠오른 가방 입구에서 튀어나오는 금은재보. 상인이 빼앗은 총과 의식 아이템 모두 쏟아지며.

"나는 내가 수집한 모든 아이템과 맞바꿔 능력 2를 발동한다!"

상인의 『돈으로 사는 목숨』 : 마을 사람 한 명이 능력을 발동한 순간 사용가능.

획득한 모든 아이템을 포기하는 대신 대상의 능력 발동을 늦출 수 있다.

「당신이 빼앗은 아이템.」

「그것을 포기할 용기가 있다면 분명 생명을 구할 수 있으리라.」

"촌장 공의 명령권을 내 모든 재산으로 매수한다!"

『상인……!』

촌장이 분노를 못 이기고 분노에 몸을 떨었다.

검은 사문서는 쓸 수 없다.

그러나 지금도 이 좀비는 넘치는 살의를 품고 있었다.

『……영혼을 수확하는 방법은 얼마든지 있지. 오너라, 의식 아이템「영혼 낫」.』

소환된 붉은 낫.

플레이어 측이 발견하지 못했던 아이템이겠지만 조사가 부족했던 것을 아쉬워할 시간은 없다.

『네놈들을 이 낫으로…….』

"잠깐, 촌장! 낫은 사람을 공격하는 물건이 아니지!"

농부(미란다)가 외쳤다.

안경 너머로 그 지적인 눈망울을 반짝이며.

"농업 전문가로서 알려줄게. 낫은 벼를 베는 도구야! 농부의 능력 2를 발동한다!"

농부의『낫을 농기구로』: 마을 사람 한 명이 소지한 무기 아이템을 벼 이삭으로 바꾼다.

「당신은 배웠다.」

「흡혈귀라 해도 피만으로 살 수는 없다는 사실을.」

핏빛 낫이 사라지더니 잘 여문 벼 이삭으로 변했다.

이것으로 촌장의 무기가 사라졌다.

『천박한 흡혈귀가! 누가 이 마을에 받아줬는지도 잊었나……!』

"말은 잘하네. 사람을 제물로 바치려는 주제에."

『……으스러뜨려주지.』

갑자기 좀비의 손톱이 길게 자랐다.

황토색 손톱을 과시하듯 들어올린 뒤 네발로 기어 돌격하는 좀비.

"이번엔 나다!"

여섯 명을 향해 그렇게 외친 페이는 촌장을 향해 질주했다.

제빵사의 능력 2를 발동한다.

제빵사의『이에는 이를, 발톱에는 발톱을』: 마을 사람 한 명의 공격을 되받아친다.

「당신의 발톱은 촌장을 살해했다.」

「다음은 누군가를 살리기 위해 쓸 수 있을 것이다.」

『……어리석은 늑대 인간이여.』

거대한 좀비가 급정지.

그리고는 두 팔을 교차해 방어 자세를 하는 것이 아닌가.

『네놈에겐 등을 베인 적이 있지. 같은 실수는…….』

"방심은 금물입니다."

꽃이 날아올랐다.

가지각색의 꽃을 바구니 채 던진 꽃장수(알리사)의 두 손에 들린 것은 고압식 물대포였다. 거기에 담긴 것은 푸르게 빛나는 성수.

"제 지원이 있다면!"

꽃장수의 『성수진혼』: 마을 사람 한 명의 방어 행동을 무효화한다.

「당신의 꽃은 영혼을 치유하리라.」

「당신의 물은 분노의 업화조차 가라앉히리라.」

성수가 쏘아졌다.

반짝반짝 파란 궤적을 그린 성수가 거대한 팔을 녹였다.

그 순간.

치이익, 하얀 연기가 피어오르며 좀비의 팔이 소멸했다.

"꽃에서 추출한 성수입니다!"

『……이 통증, 성수인가……?! 크, 윽……!』

가드하던 팔이 사라진 순간 뛰어오른 페이의 주먹이 좀비의 턱을 쳐올렸다. 그리고 요리사(펄)가 정원을 가로지르며.

"맡겨 주세요!"

요리사가 등 뒤에서 꺼낸 것은 무척이나 중후한 프라이팬이었다.

얼핏 보면 무기와는 거리가 멀었지만.

요리사의『사랑의 프라이팬』: 마을 사람 한 명의 방심을 노려 행동 불능으로 만든다.

「당신이 요리에 담아왔던 것처럼.」

「당신의 사랑이 당신의 적에게 줄 것이 있으리.」

"눈을 뜨세요, 촌장 씨!"

프라이팬을 높이 든 요리사.

휘청이는 좀비 촌장의 발밑까지 달려와 그 무릎을 향해 프라이팬을 힘껏 휘둘렀다.

『—!』

영혼을 암흑으로 물들인 촌장이 절규.

몇 번이고 살해당해도 되살아나는 좀비가 뼛속까지 울리는 고통에 비명을 질렀다.

『이 통증은……!』

"생각나셨나요? 이 프라이팬은 제가 마을에 왔을 때 당신과 돌아가신 사모님께서 주신 선물이에요. 말하자면 사모님의 유품이라고요!"

『요리사…… 네놈…… 따위에게……!』

굉음이 울렸다.

모래 먼지가 피어오르며 촌장의 거구가 쓰러졌다.

늑대 인간의 발톱, 요정의 성수, 그리고 아내의 유품인 프라이팬으로 살아있는 시체조차 버틸 수 없을 정도의 대미지를 준 것이다.

"끝이다!"

그것은 누가 한 말이었을까.

앞으로 한 방.

결정적인 한 방이 들어가면 촌장을 쓰러뜨릴 수 있다고 모두가 직감했다.

그리고 남은 것은 이제 한 명.

"……그렇군."

사냥꾼(케이오스)이 땅에 한쪽 무릎을 꿇었다.

어깨에 걸치고 있던 총을 들고서 그 총구를 촌장에게 겨눴다.

"사냥꾼의 능력 2는 추격이다. 플레이어 한 명의 능력을 받은 마을 사람에게 마지막 일격을 가하지."

"괴, 굉장해요! 그야말로 승리 연출의 능력이잖아요!"

"쏴라, 케이오스 공!"

쓰러뜨려야 하는 흑막은 움직이지 않는다.

지금이라면 눈을 감고 쏴도 맞출 수 있을 것이다. 승리는 약속된 것이나 마찬가지.

그렇게.

모두가 생각했을 것이다.

"……."

아무리 기다려도 총성이 울리지 않았다.

사냥꾼은 땅에 무릎을 꿇은 채로 어째서인지 얼어붙은 것처럼 멈춰 있었다. 방아쇠에 손가락을 대고 앞으로 몇 밀리만 당기면 발포될 텐데도.

"쓸데없는 짓 마, 니벨룽."

『전부 게임이야, 케이오스.』

『너는 팀 『모든 혼이 모이는 성좌(마인드 오버 마터)』의 코치잖아?』

촌장의 쉰 목소리가 아니다.

하늘에서 내려오듯 울리는 목소리는 초수 니벨룽, 이 게임의 게임 마스터이자 진정한 라스트 보스의 것이었다.

『뒤의 인간들은 팀 『신들의 유희를 내려받은(메이 유어 갓즈)』.』

『네가 쏘면 게임은 끝나. 『신들의 유희를 내려받은(메이 유어 갓즈)』의 승리로.』

『신들의 놀이를 먼저 공략당하면 헤레네이어의 이상이 무너진다. 알고 있지?』

"……케이오스 씨?!"

"설마, 케이오스 공?!"

엽총의 총구는 여전히 촌장을 겨냥하고 있다. ……그러나 방아쇠를 당기는 최종 단계에서 멈춰있다.

펄과 넬이 아무리 가까이서 소리쳐도 꼼짝도 하지 않았다.

그렇다.

이 게임에 숨겨진 마지막 부조리.

그것은 보스인 촌장의 숨통을 끊는 것이 사냥꾼으로 고정된 점.

사냥꾼이 「**능력을 사용하지 않는다**」**고 말하면 촌장을 쓰러뜨릴 수 없다.**

거기에다.

이 게임은 시작 전에 신의 의지가 딱 한 가지만 개입될 여지가 있었다.

일곱 플레이어와 일곱 역할.

플레이어에게 직업을 나눠준 것은 누구인가.

미이프인가? 아니다.

신이다.

초수 니벨룽은 팀 『모든 혼이 모이는 성좌(마인드 오버 마터)』의 코치를 맡은 인간에게 이 게임으로 질문을 던진 것이다.

너는 적 팀을 도울 것인가? 라고.

『……사냥꾼이여.』

노인의 쉰 목소리가 울렸다.

플레이어의 총공격을 받아 무릎을 꿇은 좀비가 육체를 재생하고 있다.

『선언해라. 능력을 쓰지 않겠노라고. 그 방아쇠는 당기지 않겠노라고.』

"……말했을 텐데."

『음?』

"나는 이미 선언했다."

촌장의 포효가 마을에 울려 퍼질 때.

미동도 하지 않던 사냥꾼이 확실히 그렇게 말했다.

『왜 그러냐, 사냥꾼이여. 무슨 말이지?』

"미안하지만. 촌장, 아니. 니벨룽. 나는 확실히 팀『모든 혼이 모이는 성좌(마인드 오버 마터)』의 코치이긴 한데."

게임의 흑막을 응시하는 사냥꾼.

그 손끝이 방아쇠를 당긴 것을 페이는 보았다.

"나는 게임에 거짓말하지 않거든."

사냥꾼의『종연(게임 엔드)』: 마을 사람 한 명에게 추격 탄환을 쏴 게임에서 제외한다.

총알은 한 발뿐. 누구에게 사용할지는 신중하게 정할 것.

「처음부터 정해져 있잖아?」

은색 총알이 거대한 좀비를 꿰뚫었다.

『크으으!』

공중으로 날아간 거구가 마치 풍선에 구멍이 뚫린 것처럼 점점 쪼그라들 듯이 작아졌다.

그리고 땅으로 추락.

잔디밭 위에 고꾸라진 것은 허리가 굽은 힘없는 노인이었다.

"……나는……."

노인의 갈라진 목소리.

"나는…… 아내와 같은 곳에 있고 싶었다……. 아내가 돌아오든, 내가 아내에게로 가든……. 그 정도의 차이일 뿐…… 그렇다면……."

일곱 플레이어 앞에서.

좀비의 육체가 햇살을 받아 결정화되더니 고운 입자가 되어 사라져 갔다.

대지로 돌아가는 것이다.

"……이렇게 되어…… 다행인지도 모르겠군……."

사라져 가는 마지막 순간.

거기에 있는 것은 좀비가 아닌, 과거 누구보다도 마을과 반려를 사랑한 노인이었다.

촌장이 대지로 돌아가고.

"……어, 어라? 어쩐지 마지막은 좀 감동적으로 끝난 것 같은데요…….”

마음이 놓인 듯한 펄.

“나쁜 촌장 씨라고 생각했는데…… 마냥 미운 건 아니라고나 할까요…….”

“그러게. 나도 오랜만에 조금 감상에 젖었어. 너무하네. 가족애에 호소하는 건 좀 치사해.”

차분히 고개를 끄덕이는 미란다 사무장도 감개무량한 눈빛으로 촌장이 있던 잔디를 바라보았다.

좋은 엔딩이었다.

다들 그런 후련한 표정이었다.

“이제…….”

누군가가 그렇게 말한 순간.

볼록, 지면이 솟아오르더니 땅속에서 무언가가 튀어나왔다.

“이놈드으으으으으을!”

완벽히 부활한 촌장이.

“꺄아아악?!”

“어, 어어, 어째서?! 확실히 소멸했잖아?!”

그러자 펄과 미란다 사무장이 깜짝 놀랐다.

조금 전의 감동은 온데간데없이 사라지고. 여러모로 엉망이 됐다.

그렇게 생각할지도 모르겠지만.

"훗. **그럴 줄 알았어.**"

지금 나타난 촌장의 피부는 좀비가 아닌 혈색 좋은 갈색.

그것이 의미하는 바를 알아챈 페이는 쓴웃음을 흘렸다.

"처음부터 마지막까지 우리가 싸운 건 촌장이 아니라 신이라는 거로군, 니벨룽."

"그렇다냥."

촌장 **의상**이 터지고.

촌장이라는 여덟 번째 역할을 자신에게 부여했던 초수 니벨룽, 진홍색 머리카락을 나부끼는 소녀가 공중에서 한 바퀴 회전하고서 땅으로 내려왔다.

"굿 게임."

그리고 박수.

손뼉 치면서도 일곱 명의 얼굴을 자세히 응시하며.

"케이오스."

"내 행동이 마음에 들지 않나?"

"아니. 짐이 한 행동은 약간의 호기심. 끝난 뒤에 구질구질하게 말하는 건 게임의 여운을 망칠 뿐이다냥."

빨간 머리 소녀가 즐거운 듯이 히죽 웃었다.

그 입가에 무서울 정도로 날카로운 육식 동물의 송곳니가 살며시 보였다.

"축하해."

다시 박수.

그것은 일곱 명 전원에게 보내는 것이 아니라.

"페이라는 인간."

"……나한테 볼일 있어?"

"진 건 진 거다냥. 이 게임에서 건투한 모습을 칭송하여 1승을 보내지. **이걸로 너는 8승.** 헤레네이어의 7승을 넘었다냥."

"……!"

그 숫자가 **진정 의미하는 것.**

페이가 레셰와 만나기 전부터 상정한 「어떤 게임」에 관해 막대한 정보가 주어졌다는 것을 깨달은 사람은 아무도 없을 것이다.

설령 신이라 해도.

"헤레네이어는 이제 너희 『신들의 유희를 내려받은(메이 유어 갓즈)』를 놓치지 않을 거야."

"……의식한다는 거로군."

"즐기도록 해. 즐길 수 있다면 말이야, 냥."

쿵!

숨이 막힐 정도의 뜨거운 바람이 회오리처럼 불었다.

생기 있는 녹색 잔디를 삼키고, 촌장의 저택을 뒤집고, 이 마을 전체를 붉게 물들였다.

그야말로.

이 게임명 『모든 것이 빨강이 된다』처럼.

시야 전체가 불꽃에 휩싸였다.

초수의 웅장한 포효와 함께, 페이 일행은 인간 세계로 귀환했다.

Chapter

Epilogue.1 인류 최고점

God's Game We Play

신비법원 본부, 북동 1층.

이름 모를 신들이 그려진 스테인드글라스가 색 없는 태양광을 무척이나 화려하고 선명한 극채색으로 변환하고 있었다.

맑고 차분하고 정숙한 통로.

그 제일 끝에.

팀 『모든 혼이 모이는 성좌(마인드 오버 마터)』의 회의실은 아무도 없었다.

사람이 없었다.

물건도 없었다.

새하얗게 칠해진 방.

탁자도 의자도 책장도 없었다. 그저 원형일 뿐인 공간을 회의실이라고 부른다. 그런 방이다. 인간이 쓸 것 같지 않은 삭막한 곳이었지만 이 팀이 곤란할 일은 없었다.

이 회의실을 사용하는 것은 신이었으니까.

“아얏?!”

“윽!”

“어엇?!”

그 방의 공중에 전이된 페이 일행이 차례차례 바닥으로 떨어졌다.

"……아파라, 갑자기 인간 세계로 돌아올 줄은 몰랐네. 바닥이 푹신해서 다행이야."

"……미란다 사무장님, 밑에 깔린 저를 생각해서라도 빨리 비켜주세요."

"어머나, 실례."

미란다 사무장이 벌떡 일어났다.

그 밑에 쿠션 대신 깔린 페이는 한숨을 크게 쉬며 자리에서 일어났다.

"그쪽도 괜찮아?"

"……네. 비서관으로서 놀라운 경험이었습니다."

바닥에 엉덩방아를 찧은 알리사 비서관이 부끄러운 듯이 후다닥 일어났다.

"저 같은 일반인이 설마 신들의 놀이에 참여할 수 있다니. 사도 여러분의 능력과 피로를 직접 체험해 이해할 수 있게 된 것 같습니다."

"아니, 나도 많이 도움을 받았어. 마지막 팀플레이도 좋았고."

참고로.

초수 니벨룽이 누군가로 변장해 참가하지 않았을까?

그 의문의 가장 의심되는 후보가 애초에 사도가 아닌

「미란다 사무장」이나 「알리사 비서관」이었음은 말할 것도 없다.

"케이오스 선배도 고마웠어요. 특히 마지막에요."

"……."

일곱 명 중 유일하게 모여있지 않고 거리를 둔 청년.

게임 클리어의 공로자이기도 한 케이오스에게, 페이는 굳이 물어보기로 했다.

"정말 괜찮았어요?"

"사람 수를 맞추기 위해 날 부른 건 그 녀석이야."

돌아온 목소리는 태연했다.

"나를 사냥꾼으로 지명한 시점에 이 결과까지 예상했을 거다. 그 녀석도 어지간히 놀기 좋아하는 녀석이니까 어떻게 흘러가도 재밌을 거라고 생각했겠지."

"우리가 이겨도요?"

"그러는 편이 헤레네이어도 진심이 돼."

이전 팀의 리더가 머리를 긁적이며 한숨을 크게 쉬었다.

성가시다는 듯이.

"네 『8』승은 헤레네이어를 뛰어넘은 현재의 인류 최고점. ……하지만 잊지 마라. 8승이든 9승이든 **10승 전에 3패를 하면 끝이야.**"

인류의 역사는 패배의 역사.

어떤 게임의 천재도, 성인도, 위인도.

10승에 도달하기 전에 졌다.

신들의 놀이는, 쉽지 않다.

Chapter

Epilogue.2 신이기 때문에

God's Game We Play

푸른 하늘을 나는 새보다도 높이.

새하얀 구름보다 높은 상공에 은빛으로 빛나는 신화도시 헤케트 셰에라자드.

그 대도서관은 오늘도 무척이나 고요했다.

「풍화」라는 단어가 있다.

공기에 노출된 종이 서적은 점차 열화되어 언젠가 먼지가 된다. 따라서 대도서관의 문은 바람이 들어오지 않도록 닫혀있다.

입관할 땐 특별한 열쇠를 사용해 오래된 문을 열고…….

"다들, 다녀왔다냥!"

쾅!

의기양양한 목소리와 함께 대도서관의 문이 걷어차여 활짝 열렸다.

이곳의 장대하고 정취있는 정숙함을 날려버릴 기세로 붉은 머리 소녀 니베가 두 팔을 크게 흔들며 들어왔다.

눈을 반짝반짝 빛내며.

매끈매끈한 뺨이 붉게 상기된 채.

"만족했다냥!"

"만족하면 어떡할 건가요?!"

제일 먼저 그렇게 항의한 사람은 헤레네이어.

연보라색 머리카락은 잔뜩 흐트러져 있었고 이마에 손을 얹고 한숨을 쉬며 말을 이었다.

"……어째서 케이오스를 사냥꾼으로 골랐나요?"

"그러는 게 재밌을 것 같아서냥."

가벼운 발걸음으로 대도서관 테이블로 다가갔다.

그러는가 싶더니.

"근데 헤레네이어."

붉은 머리 소녀가 헤레네이어를 돌아보았다.

"느긋하게 가족하고 단란하게 보냈어냥?"

"윽!"

"짐은 이 게임으로 **확인했어.** 헤레네이어도 이사장을 돌볼 수 있었고. 그럼 아무런 문제 없잖아?"

"나도 유의미했다고 생각한다. 무엇보다 즐거웠으니 말이야."

어둠 너머로 갈색 소년이 경쾌한 발걸음으로 나타났다.

소형 액정 모니터를 들고 있는 이유는 그것으로 동료의 게임을 관전했기 때문이었다.

뒤이어 모노클 청년이 한 손에 책을 들고 나타났다.

"……."

"허허허. 낫훙도 즐거웠다는군. 어떠냐, 헤레네이어."

"……저는."

팀을 이끄는 소녀가 고개를 숙였다.

세 신이 지켜보는 가운데.

"……저는…… 게임이 즐겁다는 걸 부정할 생각은 없어요."

"호오?"

"항상 말했잖아요. 인간의 게임에 신과 어라이즈는 필요 없다고 생각하는 것뿐이에요."

신들의 게임을 없앤다.

다시 말해 인간과 신의 세계를 갈라놓는다.

반신반인 헤케트 마리아의 바람을 실현하기 위해 신들의 놀이를 완벽 공략하는 사람이 나와선 안 된다.

"흠흠? ……아!"

진지하게 듣고 있던 붉은 머리 니베가 갑자기 얼굴을 찡그렸다.

"실수했어…… 그럼 방금 게임을 쪼잔하게 1승을 주지 말고 2승을 줬으면 좋았을 텐데냥."

"제 말 듣고 있었나요?!"

"물론이다냥."

소녀를 연기하는 초수 니벨룽이 책상 위에 앉았다.

천천히 다리를 꼬고서.

오른쪽 눈에 지성, 왼쪽 눈에 포악성이 깃든 짐승의 미소로 헤레네이어를 보았다.

“8승이나 9승이나 똑같잖아. 어차피 헤레네이어는 『신들의 유희를 내려받은』(메이 유어 갓즈)가 이기게 두지 않을 거잖아냥?”

“당연하죠.”

고개를 끄덕일 것도 없다.

그 눈빛에 인간의 것이 아닌 위광을 담고 소녀가 선언했다.

“이제 1승도 허가하지 않겠습니다.”

■ 작가 후기

「게임에 거짓말은 하지 않아.」

『신은 유희에 굶주려있다.』 제7권을 읽어주셔서 감사합니다.

초수 니벨룽 전, 개막 & 결판입니다!

페이 VS 케이오스라는 인간끼리의 게임 대결이 펼쳐졌던 이전 권과는 전혀 다르게 이번엔 한 권 통째로 그야말로 인간과 신의 대결이 펼쳐졌습니다.

하지만 초수 니벨룽의 장난(?)으로 이번엔 신과의 직접 대결이 아닌, 조금 특이한 대결 형식이 된 것 같네요.

또한 대결 테마이기도 한 머더 미스터리는 이쪽 세계에서도 유행하고 있으니 어쩌면 즐겨보시거나 영상을 보신 분도 계시지 않을까요? 이번 싸움으로 「머더 미스터리라는 게임이 궁금해졌다!」는 분이 계신다면 분명 초수 니벨룽도 많이 기뻐할 겁니다.

만약 기회가 있으시면 꼭 머더 미스터리를 경험해 보세요!

……그럼 조금 화제를 바꿔서.

이미 인터넷 예고와 이 책의 띠지(원서)를 보신 분도 계실 테지만 아직인 분께 따끈따끈한 최신 정보를.

애니메이션 『신은 유희에 굶주려있다.』 2024년, 방송 결정입니다!

페이 역: 시마자키 노부나가 씨
레셰 역: 키토 아카리 씨
주역 두 분의 열연이 정말 최고입니다!
나아가 미발표 히로인, 본작의 대전 상대이자 최대의 특징이기도 한 「신들」도, 너무나도 매력적인 성우분이 연기해주셨습니다.
후속 정보도 부디 기대해 주세요!

그리고 간행 예정 정보입니다!
올겨울에 『너와 전장』 16권을.
마찬가지로 올겨울에 『신은 유희에 굶주려있다.』 8권 예정입니다.
애니메이션과 원작 모두 열심히 준비할 테니 부디 많은 응원 부탁합니다!

2023년 초여름에 사자네 케이

■ 역자 후기

안녕하세요. 오랜만에 인사드리네요, 역자 김덕진입니다.

사실 이번 7권을 조금 더 일찍 여러분께 전해 드렸어야 했는데 제 마감이 늦어지는 바람에 출간이 지연된 것 같네요. 오래 기다리게 해드려 정말 죄송합니다.

이번 7권에서 등장한 머더 미스터리 게임은 실제로 존재하는 게임입니다. 기원으로 따지면 꽤 오래전까지 거슬러 올라가야 하지만, 몇 년인가 전부터 일본에서 큰 인기를 끌더니 최근엔 국내에서도 많은 인기를 얻고 있더군요.

일반적인 보드게임처럼 많은 도구가 필요하지 않아서 비교적 가격도 저렴한 편이라 관심이 있으시면 한번 체크해 보세요. 직접 구매하시지 않더라도 머더 미스터리 게임을 구비하고 있는 보드게임 카페 등도 있으니 체험해 보시는 것을 추천합니다.

다만 근본적으로 파티게임이다 보니 어느 정도 인원수가 갖춰져야 한다는 점이 단점이죠. 저도 인원수 때문에 고생했던 기억이 있어서 이번 7권에서 수를 맞추기 위해 일반인까지 참가하는 장면을 보며 살며시 미소가 나오더군요. 아마 작가님도 그런 경험이 있으신가 봅니다.

아, 그리고 드디어 애니메이션이 방영되었군요. 다행히 국내에서 서비스를 해줘서 볼 수 있었는데 캐릭터들이 말하고 움직이는 것을 보며 감동했습니다. 나오는 김에 장점은 살리고 단점은 보완해서 2기, 3기, 쭉쭉 나왔으면 좋겠네요. 하긴 분량을 생각하면 꽤 시간이 걸릴 것 같기도 하지만요.

그럼 이것으로 역자 후기를 마칩니다.

독자님들 모두 항상 즐거운 일 가득하시길 바라며 다음 작품으로 찾아뵙겠습니다.

감사합니다.

신은 유희에 굶주려있다. 7

초판 1쇄 발행 2024년 11월 10일

지은이_ Kei Sazane
일러스트_ Toiro Tomose
옮긴이_ 김덕진

발행인_ 최원영
본부장_ 장혜경
편집장_ 김승신
편집진행_ 권세라 · 최혁수 · 김경민 · 최정민
편집디자인_ 양우연
국제업무_ 박진해 · 조은지 · 남궁명일
관리 · 영업_ 김민원 · 조은걸

펴낸곳_ (주)디앤씨미디어
등록_ 2002년 4월 25일 제20-260호
주소_ 서울시 구로구 디지털로 32길 30, 코오롱디지털타워빌란트 1301-1308호
전화_ 02-333-2513(대표)
팩시밀리_ 02-333-2514
이메일_ lnovellove@naver.com
L노벨 공식 카페_ http://cafe.naver.com/lnovel11

ISBN 979-11-278-7926-6 04830
ISBN 979-11-278-6467-5 (세트)

값 8,500원

L NOVEL

내 화염에 무릎 꿇어라, 세계여 1권

스메라기 히요코 지음 | Mika Pikazo 일러스트 | mocha 배경화 일러스트 | 김장준 옮김

'기회만 있으면 뭔가 불태우고 싶다…….'
그런 욕구를 가진 호무라는 이세계로 불려간다.
그곳에는 똑같이 이상한 여고생이 모여 있었고
특별한 재능을 가진 그녀들에게 이 세계를 구해 달라는 이야기가 나오는데?
100년 만에 부활한 마왕, 혼란에 틈타 활개 치는 악당들.
대혼란의 시대를 평정하기 위해서 소녀들은 세계의 운명을 짊어진다—.
"당신 악당이에요? 그럼 마음 놓고 불태울 수 있죠!"
불로 정화하는 것이야말로 정의! 소각 처분에 대흥분!!
압도적 화력으로 세계를 제압하는
정상인 듯 정상 아닌 미소녀 호무라의 미래는?!

최강 방화녀의 이세계 코미디!!

NOVEL

라이트노벨의 새로운 빛! L노벨의 신간은 매월 10일에 발매됩니다. http://cafe.naver.com/lnovel11

L NOVEL

©Usa Haneda, U35 2023 / KADOKAWA CORPORATION

일주일에 한 번 클래스메이트를 사는 이야기 1~2권

하네다 우사 지음 | U35(우미코) 일러스트 | 이소정 옮김

그녀— 미야기는 이상하다. 일주일에 한 번 오천 엔으로 나에게 명령할 권리를 산다.
같이 게임을 하거나 과자를 먹여달라고 하거나,
가끔씩 기분에 따라서는 위험한 명령을 내리기도 한다.
비밀을 공유하기 시작한 지 벌써 반년이 지났지만,
그녀는「우리는 친구가 아니야」라고 말한다.
저기, 미야기. 이게 우정이 아니라면 우리는 무슨 관계야?

그 사람— 센다이가 아니면 안 되는 이유는, 지금도 딱히 없다.
내 우연한 변덕에 그녀가 따라줬다. 단지 그뿐.
그래서 나는 어떤 명령도 거부하지 않는 그녀를 오늘도 시험한다.
……내년 봄, 만약 다른 반이 되더라도, 그녀는 이 관계를 계속 이어가줄까.
지금은 그게 조금 신경 쓰인다.

NOVEL

라이트노벨의 새로운 빛! L노벨의 신간은 매월 10일에 발매됩니다. http://cafe.naver.com/lnovel11